二度読んだ本を三度読む

柳 広司
Koji Yanagi

Eurus
Notus
Boreas

岩波新書
1776

目　次

『月と六ペンス』サマセット・モーム……1
『それから』夏目漱石……11
『怪談』小泉八雲……22
『シャーロック・ホームズの冒険』コナン・ドイル……32
『ガリヴァー旅行記』ジョナサン・スウィフト……42
『山月記』中島敦……52
『カラマーゾフの兄弟』フョードル・ドストエフスキー……62
『細雪』谷崎潤一郎……72
『紙屋町さくらホテル』井上ひさし……83

『夜間飛行』サン＝テグジュペリ……94
『動物農場』ジョージ・オーウェル……106
『ろまん燈籠』太宰治……117
『竜馬がゆく』司馬遼太郎……128
『スローカーブを、もう一球』山際淳司……139
『ソクラテスの弁明』プラトン……150
『兎の眼』灰谷健次郎……161
『キング・リア』W・シェイクスピア……174
『イギリス人の患者』M・オンダーチェ……186
あとがき　201
主な参考引用言及文献　210

『月と六ペンス』サマセット・モーム

まず、タイトルがすばらしい。

月と六ペンス。

どちらも〝円形〟で〝銀色に光る〟物体だ。

円形で銀色に光る物体が、ある者にとっては天上に輝く月に見え、ある者にとっては足下に転がっている六ペンス(とるに足りないもの)に見える——。

テーマをうまく暗示しながら、説明しすぎない理想的なタイトルである。

一説によれば、著者モームはこの言葉を彼の前作『人間の絆』を酷評した書評の中から拾い上げたという。

〝皮肉〟と〝ユーモア〟は小説に不可欠な要素だから、その意味でもじつに良いタイトルだと思う。

モームは通俗作家であった。通俗作家という言葉が何を意味するかはともかく、少なくとも当時のイギリスではそう見なされていたらしい。

『月と六ペンス』も最初本国ではたいして売れず、その後アメリカで大評判になったのを受けて、イギリスで広く読まれるようになった。海外での評判に弱いのは日本人にかぎったことではなく、イギリス人も意外に弱い。もしかすると、例の〝島国根性〟というやつが関係しているのかもしれない。

『月と六ペンス』は爆発的に売れた。おかげでモームがそれ以前に書いた小説も評判が高まり、その後の「ちょっとどうかな?」と思う小説もみなが褒め、晩年彼は「英国文壇の大御所」として扱われる。尤《もっと》も、モーム自身はそのことについて、

平均寿命を越した作家に対する世間の称賛の真の原因は、インテリが三十を越すと一切読書をしないことにある。彼らは年をとるにつれ(己の不勉強を隠すために)、若い頃に自分が読んだ作家を誉めそやすようになるのだ。

と、別の作品の中で皮肉っている。

功を成し名を遂げてなお皮肉とユーモアを貫き続けるのは、周囲を見回すかぎり、どうやらたいそう難しいことのようなので、その意味でもモームは小説家であった。通俗作家であったかどうかはあまり関係がない。

日本ではモームの短編が一時期大変もてはやされ、少し上の世代の人たちは「原文(英語)でも読んだ」と妙に得意げな顔で語っていたが、私にはどうもピンとこなかった。作品のそこかしこに見られる南洋趣味《エキゾティシズム》と派手な道具立て、ありきたりの目眩まし《ミスディレクション》を取り除けば、ほとんどがよくある「落ち話」に思えたからだ。もちろん発表当時の英国ではモームの南洋趣味は珍しがられたのだろう。また、その後隆盛を極めたミステリー小説を読み慣れた現代の読者の目には容易に予測可能な「落ち」も、当時は「衝撃の結末」だったのだと思う。

モームの短編は読んでいる間は楽しい。皮肉もきいている。だが繰り返して読む気にはならない――。

『月と六ペンス』は数あるモームの作品の中で、ほとんど唯一繰り返し読んだ小説だ。

なぜこの作品なのか？

以下、その理由を考えてみたい。

『月と六ペンス』は、モーム自身を思わせる〝私〟がふとしたきっかけで知り合いになったイギリス人画家チャールズ・ストリックランドをめぐる事件を記述する形で物語が展開する。

作品はしばしば「画家ゴーギャンをモデルにした芸術家小説」と紹介されるが、これはトーマス・マンの『ファウスト博士』が音楽家シェーンベルクをモデルにした芸術家小説と紹介されるのと同じくらい間違っている。間違ってはいないかもしれないが、いわゆるモデル小説、あるいは伝記(!)といったものとはおよそ掛け離れている。どちらも芸術家(画家、作曲家)の生涯を著者を思わせる〝私〟が記述する形式だが、芸術家の生涯を描くことが小説のテーマ(そんなものがあればだが)ではない。そもそも彼らは小説の主人公ですらない。むしろ〝狂言回し〟的な役割を振られ、彼らを通じて周囲の人々や社会を描くことに小説の主眼が置かれている。

異質な、理解できないものを前にしたとき、社会や周囲の者たちはどうふるまうか?

芸術家はそのための〝触媒〟というわけだ。

作品は三部にわかれる。モームが〝わけている〟わけではないのだが、紹介する便宜上、ここでは三部にわける。

ロンドンの社交界を舞台にした第一部(3章―16章)、パリでの事件を描く第二部(17章―44

章）、第三部（45章―57章）はタヒチが舞台だ。これに導入部分《プロローグ》（1章―2章）と後日談《エピローグ》（58章）がつくオーソドックスな小説構造である。

プロローグと第一部「ロンドン社交界篇」では、モームお得意の皮肉と醒《さ》めたユーモアに読者は何度もニヤリとさせられるだろう。

が、費やされている章数からもわかるとおり、作品の中心は第二部「パリ篇」だ。モームは〝真の芸術家〟ストリックランドをパリで生活する者たちの間に投げ入れる。社会の異物を前にして、彼らがいったいどんな反応を示すのか？

モームはあたかも冷静な科学者の手つきを思わせる、いささか皮肉な、醒めた視線で実験の経緯を報告する。

第二部の主な登場人物は、オランダ人〝へぼ画家〟ディルク・ストルーフェとその妻ブランシュ。平穏な生活に突如闖入《ちんにゅう》してきたストリックランドに彼らは困惑し、翻弄される。

他人の目には滑稽としか見えないディルクのふるまいを通じて「月」と「六ペンス」のイメージが目まぐるしく入れ替わる。お人よしのディルク。太っちょディルク。へぼ画家ディルク。だが、彼には真の芸術を見抜く力がある。皮肉なことに、その結果もたらされたのは思わぬ悲劇であった――。

その瞬間、モームの皮肉と醒めたユーモアの殻を突き破って、名状し難い〝何ものか〟が突如小説の内部から噴出する。おそらくそれは著者モームの手を離れ、予想を超えた〝実験結果〟だったのだと思う。ある書評家はそれを「愛」と呼び、別の者は「芸術の崇高さ」と名づけた。モーム自身は作中で「不思議な感銘を受けた」という控えめな言葉で己の戸惑いを表現している。

第三部は、一転、南洋の島タヒチが舞台だ。ここではモームはむしろ読者の南洋趣味をあてにして書いている。〝真の芸術家〟はもはや社会の異物としては扱われない。小説全体を眺めれば、この第三部の必然性は明らかだ。何といっても『月と六ペンス』は読者を〝名状し難い何ものか〟の中に置き去りにするような小説ではないのだから。

エピローグの舞台は再びイギリス。モームは冒頭の調子(皮肉と醒めたユーモア)に戻り、足下から円形で銀色に光るものを拾い上げる。そして、それが六ペンスであることを読者に示し、肩をすくめてポケットに収める。

念のため言っておくと、モームが実際にそういうシーンを書いているわけではない。小説を読み終え、頁を閉じると、いつもそんなイメージが頭に浮かぶというだけの話だ。

【質問】

――そもそも小説を繰り返し読むとはどういうことですか？

良い質問だ。

「レコードがすり切れるまで聴く」

という言葉が私の子供の頃にはあった。最近は「レコード」を知らない若い人もいると思うのでちょっと説明すると、螺旋状に音溝を刻んだ通常黒色の塩化ビニール製の三〇センチほどの円い録音盤のことで、わからない人は検索して調べてください。

レコードは音溝を針でたどって録音された音楽を再生する。極めてシンプル。スマホと違って子供でも理解可能な仕組みだ。録音を楽しむたびに音溝は針で少しずつ削られていく。その結果、あまりにも繰り返し聴いたレコードはすり切れて、録音されていた音楽は再生できなくなる。だが、音楽は消えてしまったわけではない。すり切れるまで聴いたレコードの音楽は、聴いた者の内に刻み替えられている。

小説を読むのも同じことだと思う。何度も繰り返し読むことで、小説の内容、会話、文章、雰囲気、構造、テーマといったものを自分の中に刻みつけることになる。

【質問、その2】

——なぜ音楽を、あるいは小説を、自分の中に刻まなければならないのですか？

この質問に答えるのは難しい。

登山家になぜ山に登るのかと尋ねて「そこに山があるから」というのは一見気の利いた返事のようだが、答えにはなっていない。美食家になぜ高い金を出して美味しいものを食べるのかと尋ねて、「そこに美食があるから」と言われて誰が納得できるだろうか？

だが、現実問題として、例えば音楽がなければ生きていけない人たちがいる。音楽好きのある友人は修理に出したオーディオ装置が一週間ぶりに戻ってきて、最初の音が出た瞬間、涙を流した。彼らは本当に音楽なしでは生きてゆけない。冗談ではなく本当にそうなのだ。同じように、登山に、あるいは美食に生きがいを見いだす人もいる。彼らにとっては登山が、美食があることで、はじめてこの世界は輝くものとなる。生きるに値する世界となる。

たぶん、読書も同じだ。

言葉、もしくは物語がなければ生きていけない者がいる。本を何度も繰り返し読むのは、たぶんそうした人たちだ。

答えになっているだろうか？

とは言え、プロの小説家にかぎって言うならば、他人の書いた本を「繰り返し読む」のには別の理由も存在する。

　学ぶためだ。

真似るため。盗むため、と言い換えてもいい。

毎年毎年うんざりするほど数多くの本が出版され、評判になったりならなかったり、ほとんどはすぐに消えていく。盗む、真似る、学ぶ、に値する小説はごくわずかだ。

最近は著作権云々とかしましいが、話し言葉にせよ、書き言葉にせよ、本来借り物でない言葉など存在しない。生まれたての赤ん坊は、母親の言葉を真似て(盗んで)話し始める。子供は周囲の大人たちや流行《はやり》の言葉を真似、学生は先人の残した著作の言葉や思想を学び、真似し、盗んで、はじめて社会と向き合うことができる。

　ミラン・クンデラは一九九〇年に発表した『不滅』において「人多けれど、身振り少なし」と身も蓋もない言い方で身振り(身体表現)の独創性を否定したが、彼の主張はむしろ言葉についてのオリジナリティーの否定であって、要するに独創的な言葉(物語)などといったものは根拠のない虚構、うそということだ。

　小説家もまた、借り物の言葉、借り物の考え方、会話、物語の展開を組み合わせて〝自分の小説〟を書き上げる。書き上げた作品がわずかなりとも独創性を帯びるか否かはあくまで結果論、〝できあがってみないとわからない〟といったところが真相だ。

『月と六ペンス』を私は何度も繰り返し読んだ。プロの小説家として、この小説から多くを学んだ（盗んだ）ということだ。

物の見方。話の進め方。会話。人物造形。場面転換の方法。その他あれこれ。

モームは世界中を旅して回り、スパイの真似ごとをしたり、社交界で浮名を流したりしながら、あとでそれらを全部小説に書いて読者に提供した。〝小説家はサービス精神旺盛でなければならない〟。それもまた、私がモームの小説から学んだことの一つだ。

だが、一番の収穫はたぶん次のような事実である。

皮肉とユーモアは小説の必要条件。ただし、何度も読んでもらう小説となるためには、それだけでは足りない。愛。崇高さ。不思議な感銘。何と呼ぶかは勝手だが、皮肉とユーモア、プラス〝何か〟が必要――。

それが何なのか、私がこれまで繰り返し読んできた本を取り上げていく過程でわかるかもしれない。あるいは、わからないかもしれない。

（『月と六ペンス』阿部知二訳、岩波文庫他）

『それから』夏目漱石

あまり評判の良くない小説だ。

初読はたしか高校生の頃。〝ニル・アドミラリ〟や〝高等遊民〟〝趣味の審判者〟といった言葉を覚えたのも確かこの作品でだ。「漱石、意外にやるじゃん」と思ったものの、その後目にする本作の評価はおおむね否定的で、例えば「不自然」、あるいは「不器用」「作り物」、中には「失敗作」と言い切るものさえあった。

言っておくが、昨今の〝素人さん言いたい放題匿名ネット書評〟ではない。三十数年前には、書評といえば専ら文芸評論家や大学教授といった〝エラい人たち〟が新聞や出版社からわざわざ依頼されて書くものであった。生意気なくせに、妙に自信のない高校生だった私は、釈然としないながらも「へえ、そんなものなんだ」と思った——思わされた——記憶がある。

釈然としない。

というなら、教科書で読まされた『こころ』もそうだった。

国語の教師が授業中に作品解説をしながら涙ぐむ一幕があり、たぶんそのせいだと思うのだが、『こころ』と聞くだけで何だかいまでも背中のあたりがむずむずする。正直、タイトルもどうだよ、と思う。

と書くと、各方面から「何だ、てめえ。喧嘩売ってるのか」と凄まれそうな気もするが、『こころ』は〝私が好きな日本の小説コンテスト〟で堂々不動の第一位である。私ごときが何を言おうと作品の価値はビクともしないのでクレームはご遠慮下さい。

さて、ここからが本題。

三十数年前、私が〝釈然としない思い〟をしたのはなぜか?

言い換えれば、なぜ『こころ』は(男性教師が人前で臆面もなく涙ぐむほど)称賛され、『それから』についてはロごもるのか? どちらもざっくり言えば〝男二人に女一人、友情と恋愛の相反を扱った作品〟だ。同じ作家が書いた作品で、この評価のちがいは何だ?

いきなり話は飛んで恐縮だが、私が小説を書き始める少し前、日本の文壇(という言葉が今でもあるのだろうか?)では「文体論争」なるものがひどく囂《かまびす》しかった。特に小説家を目指して投稿してくる新人賞選評ではことのほか厳しく、「独自の文体を持たざる者は人に非《あら》ず」の勢いで罵倒されているのを横目で眺めながら(その頃私はまだ自分が小説を書くことになるとは思ってもいなかったので、関係のない別世界の話だった)、「この人たち(選考委員)は、一面識もない相手を、よくもまあここまで糞味噌に貶《けな》すことができるものだ」と感心していた覚えがある。

しかも、不思議なことに、肝心の「文体」とは何なのか、選評や文芸誌座談会をいくら読んでもさっぱりわからない。彼らが何を指して文体と言っているのか、曖昧模糊としてはっきりしないのだ。「文章の癖のようなものか?」とも思ったがどうもちがうらしい。

当時の私は部外者だった気楽さもあって、

「そんなに文体、文体というなら、漱石の『猫』と『坊っちゃん』と『草枕』と『それから』と『倫敦塔』を並べて、いったいどこに独自の文体を見いだせるというのか?」

といったことを酒の席で友人相手にしゃべっていた、ような気がする。二十年以上昔の話だ。政治家ならずとも、よく覚えていない。

幸いなことに、その後「文体論争」は影を潜め、私が小説をぼちぼち発表しはじめた二十一世紀初頭には、文体のことなど誰も、何も言わなくなっていて、それはそれでちょっと寂しい気がしたものだ。

職業作家となって十七年。その間、目から鱗の陳腐な譬《たと》えそのままに「ああ、そうか」と気づいたことが幾つかある。

一つは「この業界はひどく狭い」ということだ。以前テレビか何かで〝知り合いを五人だか十人だか辿っていけば世界中の人と知り合いになれる〟というネタ話をやっていたが、文芸業界にかぎって言えば〝知り合いの知り合い〟で充分こと足りる。

その結果、文芸業界内には、

——みんな仲間。一蓮托生。

の空気が漂っている(もちろん、実際にはそうではないのだが)。

例えば、年配のベテラン作家は担当編集者(=取引先)や新人作家(=同業者)を呼び捨てにし、また編集者同士でも社を越えて後輩を「君付け」呼ばわりだ。外の業界を経験してきた人間には驚愕の商慣習である。

尤も、文芸業界の成り立ちを考えれば、成るべくしてこう成ったというべきか。

明治以降、日本の文壇を形成し、あるいは新聞その他の媒体に書評を掲載していたエラい大学教授や評論家の人たちは、ある種の人間関係で結ばれていた。

いわゆる「師匠・弟子」筋だ。

その昔、日本には「小説家を目指すにはエラい先生の門下に入り、弟子もしくは書生となって修行を積む」というイメージが社会に浸透していて、例えば田山花袋の『蒲団』などを読めばそのあたりの事情が詳しく書かれているのだが、どうも落語家や相撲取りと同じジャンルの職業と見なされていたらしい。実際、多くの者たちがそうして文壇にデビューしている。また、日本の大学には文学部なるものがあり、指導教官の下で文学を学んで論文を書き、卒業して大学教授となる。これも、師匠・弟子筋だ。

いずれも先生(師匠)の教え(説)を弟子たちが受け継ぎ、深化・発展させていく方式で、それはそれで美しいスタイルなのだろう。どんな業種でも、結果さえ出せれば過程は関係がない。

結果が出ればの話だ。

業界全体が、ある種の人間関係で結ばれた共同体。

その事実を前提にすれば、本稿で掲げた謎は容易に解ける。

まずは「文体論争」の正体だが、ポイントは二つ。なぜ選考委員が見ず知らずの候補者の原稿をあれほど糞味噌に罵倒できたのか？　選考委員の人たちにとっては、新人賞に応募してくる人たちはその時点で「見ず知らずの他人」ではなかったのだ。同じ池の住人。大事な弟子。

だからこそ、彼らは厳しい言葉を平気で投げつけることができた。愛情ゆえの行為としてだ。曖昧模糊に感じられた「文体」についても、選考委員の人たちは本当は、

「(売れる為には)独自の文体がなければならない」

と言いたかったのだと思う。音楽や絵画でもそうだが「独自の(＝同じような)タッチ」を続けた方が確実に「売れる」。読者に「この文体は誰某《だれそれ》」と認識してもらうのが、売れるための最短の道程だ。「それならそうと早く言ってくれればいいのに」とも思うが、かつての選考委員の方たちは大事な弟子に〝売れるための方法〟を面と向かって説くには、多分、嗜《たしな》みがあり過ぎたのだろう。

かくて不可解な文体論争の謎は解けた(本当か?)。

次はいよいよ『それから』論の謎である。

明治以降「師匠(先生)・弟子」の人間関係が文壇を形作ってきた。その頂点をなすのが、漱石山房――「木曜会」の人々だったことは論を俟《ま》たない。漱石山房に集まったのは、芥川龍之介、寺田寅彦、久米正雄、中勘助、鈴木三重吉、野上弥生子、阿部次郎、和辻哲郎などといった錚々《そうそう》たるメンバーで、まさにその後の文壇を形成した人たちだ。

よく知られているとおり、漱石自身は明治文壇とは交わらず、意識的に距離を保っていた。

弟子も、正式には一人もとっていない。が、漱石山房に集まった者たちにとっては漱石こそが「先生」であり、独特の尊敬と畏怖の対象であった。

漱石の死後、残された彼ら(自称〝弟子〟たち)が作品の評価を決めることになる。『猫』の諧謔も『坊っちゃん』のやんちゃも『草枕』の衒学趣味も『彼岸過迄』の実験精神も(成功しているか否かはともかく)良い。『夢十夜』の幻想性も悪くない。だが、『それから』はいけない——彼らはそう思ったはずだ。

生前の漱石をじかに知る弟子たちにとって『それから』は落ち着かない小説である。妙に生々しい、不穏な空気をまとっている。

〝らしからぬ不穏〟というべきか。

男女の不倫関係を描いているから、では<ruby>ない</ruby>。友情や恋愛、ついでに言えば青春も、明治期に西洋からもたらされたフィクションであり、漱石自身はそのことを熟知していた。作品を読めばわかるが『それから』において漱石は不倫を書いているのではなく、不倫で書いている。目的ではなく手段。恋愛と社会規範の相剋を「小説を面白くするための要素」として利用している。

おそらくそれが、生前の漱石を知る弟子たちを〝落ち着かなくさせた〟原因だろう。

読書体験が人々を魅了する理由の一つに「打ち明け話的特性」がある。文字を目で追い、物語と一対一で向き合うことで、読者はあたかも「ここだけの話だが……」と著者に耳元で囁かれているような気になる。「君だけに打ち明けるのだが……」と、自分が特権的な立場にいる錯覚を覚えさせる。太宰治はこの特性を最大限利用した小説家だ。

『こころ』の高評価も、このメディア特性に支えられている。

何しろ主人公の「私」が謎めいた「先生」と出会い(徹頭徹尾「先生」らしくないが、呼び名が「先生」)、先生が誰にも漏らさずにいた内面の秘密を、最期に私だけに明かしてくれるのだ。ある種の読書好きにはこたえられない展開だろう。

漱石は、書こうと思えば、いくらでも「打ち明け話的」に書くことができた。だが、『それから』では小説メディアが持つこの利点を敢えて捨てて書いている。作品は少しも「打ち明け話的」な感じがしない。耳元で囁かれている気がしない。

『こころ』が目の前の「私」に囁きかける小説だとすれば、『それから』は語りかける相手をもっと遠くに設定している。「広い世界」の「不特定多数」に向かって言葉が発せられている。

そのせいで『それから』は漱石の弟子たちにとっては落ち着かない小説となった。彼らは、自分たちの頭越しに遠くの見知らぬ誰かに話しかける漱石(=先生)の態度に不安を覚えた。己の拠《よ》るべき場所を剝奪されるような不安を覚えた。

彼らが感じた不穏さの正体は、馴れ合いを認めない突き放した漱石の創作態度であり、それが冒頭の「不自然」「作り物」「失敗作」といった評価につながったのだと思う。

もう一つ。漱石は『それから』の作中に時事ネタを取り込み、実名を挙げて積極的に評論している。「学校騒動」や「日糖疑獄事件」を批判し、当時評判の新聞小説（作者森田草平は漱石の〝弟子〟の一人）をくさす一方、画壇で黙殺された青木繁の絵を高く評価し、社会主義者・幸徳秋水に対する政府の態度を寸鉄《すんてつ》する。

昨今またその風潮が強くなってきている感じだが、いわゆる〝小説愛好家〟たちは小説が政治的であることを極端に嫌う傾向がある。「小説は崇高なものだから、政治などには関わってはいけない」「政治的要素が入ると小説は普遍性を失う」。私自身、面とむかってそう言われたことがある。よくわからないが、ともかくそういうものらしい。

その意味においても『それから』は不穏な小説だった。逆に、最も安心できるのが『こころ』だ。先生が乃木将軍と一緒に殉死する政治的な意味は、誰にもさっぱりわからない。

『こころ』の先生（＝漱石）は良い。

『それから』の不穏は、先生（＝漱石）には不似合いだ。

最晩年、漱石は木曜会に集まった〝自称〟弟子たちの前で「則天去私」の理念を発表した。「天に則《のっと》って私心を捨てること」。一同「おおっ！」てなもんであったのだろう。さすがは先生、言うことがちがう。

『それから』の作中で、漱石は「誠者天之道也《まことはてんのみちなり》」と書かれた額について、

代助はこの額が甚だ嫌《きらい》である。第一字が嫌《いや》だ。その上文句が気に喰わない。誠は天の道なりの後へ、人の道にあらずと附け加えたいような心持がする。

（『それから』岩波文庫／新潮文庫他）

と言っている。

私には、この文章の方がよほど漱石らしい気がする。

追記

この回の原稿を提出した際、当然のことながら、校正者から次のような指摘が入った。

「〝寸鉄《すんてつ》する〟という言葉はありません」

なるほど、広辞苑に「寸鉄する」という言葉は載っていない。しかし、今回取り上げたのは夏目漱石の作品だ。

夏目漱石といえば造語、造語といえば夏目漱石でしょう。ほら、「牛耳《ぎゅうじ》る」も「野次《やじ》る」も漱石の造語だという説だし——とゴネて、強引に押し切った。

というわけで、「寸鉄する」という言葉は柳の造語です。念の為。

『怪　談』小泉八雲

かれこれ十五、六年ほど昔の話になるが、日本在住のイギリス人に「どんな日本の小説を知っているか?」と尋ねたところ、彼はしばらく考えたあとで幾つかの作品タイトルを口にした。「I am a Cat(『吾輩は猫である』)、The Wild Geese(『雁』)、The Makioka Sisters(『細雪』)、The Tale of Genji(『源氏物語』)、アンド、KWAIDAN(『怪談』)」

十五年以上前の、深夜、酒の席での話だ。正確にこの並びだったかどうか心もとないが、何しろその場に居合わせた日本人の友人たちと顔を見合わせて、へえ、と驚いた記憶がある。

このあたり、ニュアンスが伝わらないと困るので少し補足説明すると、私たちが、へえ、と思ったのは、何もハルキ・ムラカミ作品が挙げられなかったからではなく(その頃はまだ、年に一度、信者が集まって大騒ぎする状況ではなかった)——もうおわかりだと思うが——『怪談』が入っているのが意外だったからだ。

『怪談』と聞いてぱっと思い浮かぶのは、子供むけの、しばしば絵入りの本であり、英語で挙げられた他の作品に比べると、何というか、「所詮は子供むけのお話でしょ」風に軽く見ているところが、じつは私自身にもあった。

後で調べると、たしかに『KWAIDAN』はイギリスの某メジャー出版社の定番商品リストに入っている。イギリスの読者にとっては〝日本を代表する小説の一つ〟というわけだ。

ふむ。

ためしにペーパーバック版を取り寄せ、ページを開くと、目次に、

「The Story of Mimi-Nashi-Hoichi（耳なし芳一）」「Mujina（むじな）」「Rokuro-Kubi（ろくろ首）」「Yuki-Onna（雪おんな）」……

などと、子供のころに読んだ、もしくは読んでもらったタイトルが、そのままアルファベット表記で並んでいて、ちょっと不思議な感じがする。

尤《もっと》も、これは不思議に思う方がおかしいので、私が（あなたも）子供のころに読んだ・読んでもらった『怪談』は、もともと英語で書かれた作品であり、われわれは日本語の翻訳を読んだ・読んでもらっていたのだ。

念のためざっとおさらいしておくと、『KWAIDAN』の作者ラフカディオ・ハーンはギリシア生まれのイギリス人。生年は一八五〇年なので、文学者ではモーパッサン、日本では乃木希典あたりと同年代だ(と言われてもよくわからないが)。一八九〇年(明治二十三年)に来日し、松江、熊本、神戸、東京と住み移りながら、一九〇四年に亡くなるまで日本で暮らした。日本名は「小泉八雲」。

ハーンは、日本で結婚した女性・セツさんから日本に伝わる古い物語を日本語で聞き、それを英語で著した——というと「なんだ。英語で書かれた作品だから、イギリスで知られているのは当然じゃん」と思うのは、しかし、間違っている。

『KWAIDAN』の初版出版は著者が急逝した一九〇四年。それから百十有余年。その間、日本語でも英語でもその他の言語でも数え切れないほどの小説が出版された。それこそ空の星、浜の真砂《まさご》の数ほどだ。そんな中、絶版にもならず、いまなおイギリスのみならず、日本の子供たちも読んでいる、もしくは「読み聞かせ」(という習慣が最近はあるらしい)で知っている。百年以上前に書かれた作品がいまなお読まれ続けているのには、きっと何か特別な理由があるはず——。

というわけで、以下、その謎を探っていきたいと思います。

不思議なことに、あるいは全然不思議ではないのかもしれないけれど、ハーンの『怪談』が百年の時を経て繰り返し読まれる、新たな読者を獲得しつづける作品になろうとは、同時代の日本の人たちは少しも思っていなかった様子だ。例えば、没後ほどなく出版された『小泉八雲ラフカディオ・ヘルン』なる評伝本があり、セツさんによる愛情溢れる美しい「思い出の記」が併録されているのだが、本書の序文を頼まれた坪内逍遥は、

〝『心』といふ作『骨董』『怪談』などいふ作も取々に見所があります。（中略）二十前後のお人たちは兎も角も一読なされるがよからう〟

と、ずいぶん上から目線で書いている——と上から書くあんたは何様？という意見はさておき、いくら『シェークスピア全集』の翻訳に忙しかったにせよ、

〝其の著書も二十種ほどあるうちで、僅か八九種しか知らず（中略）おひおひ読み残しの分をも読む積りです〟

と書くあたり、やはりやっつけ仕事の感じが否めない。

同時代の他の評論にもいくつか目をとおしたが、だいたい同じような反応だ。

たぶん、文章の問題だったのだと思う。

当時の日本のいわゆる文化人にとってゴースト・ストーリーと言われてまず頭に浮かぶのは、

ゴシック・ホラーの名著『雨月物語』(一七七六年刊)だったはずで、『雨月物語』に比べれば『怪談』は通俗的過ぎる。内容においても文章においても、格がちがう。直接言わないまでも言葉の端々からそんな印象を受ける。

そして、それはまあ確かにそのとおりなのだが、それじゃあ『怪談』と『雨月物語』のどっちがいまの読者に読まれているかと言えば、断然『怪談』ということになる。なぜか?

たぶん、形式の問題なのだと思う。

よく知られているとおり、近代小説の枠組み(形式)は十九世紀に西欧で発達した。近代小説とは何か?となると面倒な話になるので、ここでは印刷・製本・流通の発達によって、それまで音読中心だった読書が黙読中心に変わったという点に注目してください。

ハーンは日本で結婚したセツさんから、日本に古くから伝わる不思議な話(怪談)を聞いて、これを『KWAIDAN』に仕上げた。そのさい、セツさんに「本を見る、いけません。ただあなたの話、あなたの言葉、あなたの考えでなければ、いけません」と、口うるさく言っていたという。

読むのではなく、話せ。

音読から黙読への流れとは一見逆の気がするが、本を読めばそこに書かれている日本語の文章のリズムや構造にどうしても引きずられる。ハーンは本を見ずに〝話してもらう〟ことで、一度元の日本語の文章のリズムや構造を離れ、内容を吟味した上で、英語の作品に仕上げることができた。日本の古い通俗的なゴースト・ストーリーを、近代小説の枠組み（形式）に流し入れたというわけだ。

「形式において世界標準」というのは『怪談』以前の日本の小説、さらに言えば、その後現代に至るまで日本で書かれてきた数多くの小説がついに持ち得なかった特性である。

ハーンが形式についてどの程度意図的であったのかはわからない。もしかすると、日本語で聞いた物語を英語で書くという作業過程が、結果としてうまく作用しただけなのかもしれない。

そして、と、ここで再び論は反転するのだが、『怪談』には日本語の話し言葉のしっぽが残っている。何なら「日本語特有の音の響き」と言い換えても良い。

例えばハーンは「耳なし芳一」の執筆中、「門を開《ひら》け」では〝強みがない〟と言い、「開門《かいもん》」（原著では“Kaimon!”）の一語を見いだすまで、徹底的にこだわり続けた。あるいは「幽霊滝の伝説」（『骨董』収録）中の「アラッ、血が……」（原著では“Ara! It is blood!”）の台詞の正確な音の響きを求めて、セツさんに何度も何度もくり返させた。

二人の様子を外から見ましたら、全く発狂者のやうであつたらうと思はれます。
（「思い出の記」）

近代小説の形式と話し言葉という矛盾する二つの方向性がバランスよく取り入れられたことで、『怪談』は黙読に適した近代小説でありながら、就学以前の幼児への「読み聞かせ」（音読）にも向いた作品となった。本稿の最初から「読んだ・読んでもらった」としつこく書いてきたのはこのためだ。

とすれば、逆に疑問が浮かぶ。

〝日本を代表する小説の一つ〟であり〝日本に近代小説の幕開けをもたらした〟、さらには〝黙読にも音読にも適した〟『怪談』が、なぜ日本では軽く見られる風潮があるのか？ 同じ百年の時を経て読み継がれる作品を書きながら、なぜ夏目漱石は文豪で、小泉八雲はそうでないのか？

たぶん、オリジナリティーの問題なのだと思う。

たしかに『怪談』収録作品の元になった（と推定される）原典・原拠を読めば、内容の類似は明らかだ。作品によっては「ほとんどそのまま」といって良いネタもある。現代ならば、盗作、パクリ、剽窃《ひょうせつ》、コピペ、等々、ネットで言いたい放題言われそうな感じだ。研究書の中にも『怪談』を「再話」という括《くく》りで扱っているものが少なくない。ハーンが創作したオリジナルの作品ではないという訳だ。

だが、オリジナルとは何か？

『月と六ペンス』の回でも言及したが、この世に完全に独創的《オリジナル》な言葉や物語といったものは存在しない。村上春樹風に言えば「完璧な文章など存在しない」。

元ネタ(原典・原拠)は常に存在する。すでに在る言葉や物語の中から何を選ぶのか？　どう書くのか？　「門を開《ひら》け」ではなく「開門《かいもん》」。原典にはない「アラッ、血が……」の一言をつけ加える。その一言で、作品全体のテイストはがらりと変わる。作品の印象を決定づける一語を求めて〝全く発狂者のように見える〟ほど苦吟する。それが小説家の仕事ではないのか？　すべての小説家の仕事とは言わないが。

ハーンが利用した原典の多くは「通俗読物」「講談説話」といった、当時の文化人の間で一段低く見られていた文章資料だ。内容がだいたい同じならどちらを読んでも同じかと言えば、やはりそんなことはなく、『怪談』が小説として優れているのは歴然である。

何を選び、どう書くか。

ことに「怪談」――不思議な話――を書く場合、よほど気をつけないと表現は往々にして粉飾過多となり、低俗化し、物語のレベルを引き下げる結果となる。誘惑は多い。例えばハーンの数奇な人生。彼はギリシア人の、美しく、感情豊かな、一方で激しやすい母親と、アイルランド系の厳格な父親の間に生まれた。不遇な幼少時代。ハーンは子供の頃、事故で左目を失明している。世界中を放浪し、アメリカ南部で黒人女性と結婚。西インド諸島で暮らしていたこともある。その後、開国したばかりの日本に来て、帰化。残された彼の顔写真は右から撮ったものばかりだ。もしかするとハーンは、見えないはずの左目で奇怪なモノたちが蠢《うごめ》く不思議な闇の世界を覗き見ていたのでは――。

といったあたりが、典型的な粉飾過多、低俗化、子供だまし、陳腐、月並みで、これから「怪談系の小説」(というものがあるらしい)を書かれる方はご注意下さい。

ハーン作品は、その手の傾向とはおよそ無縁だ。ゴースト・ストーリーにありがちなグロテスクさではなく、一種の品の良さをたたえている。作者の世界観というべきか。

「思い出の記」に描かれた「ヘルンさん」(当人はそう呼ばれるのを好んだらしい)は、女やこども、動物たちといった弱い者に対して無条件に優しい、権威嫌いの、茶目っ気のあるユーモアの人である。

〝いつも先生に遇うと、何か一つ戯談《ぎだん》の出ないことはなかった〟と客人を呆れさせた戯談(冗談)好きのハーンの横顔は『怪談』中にも窺える。例えば「鏡と鐘」の一篇。原著のタイトルは「Of a Mirror and Bell」で、ハーンは作中、大まじめに「なぞらえる(nazoraeru)」なる用語を解説し、密教用語まで持ち出して英語の読者を煙に巻いている。だが、日本の読者の目には、ハーンが「鏡」と「鐘」の文字の類似を面白がっている——それが執筆理由になっていることが一瞥明らかだ。

あたかも、彼が決して写真に撮らせようとしなかった左側の顔で、日本の読者にむかって冗談めかして片目をつむっているような、そんな感じである。

(『怪談』平井呈一訳、岩波文庫他)

『シャーロック・ホームズの冒険』コナン・ドイル

十年ほど前になるが「この作家にとって漱石とホームズは骨がらみらしい」と耳慣れない言葉で評されて、慌てて辞書をひいたことがある。

《骨がらみ》①悪い情況から抜け出せないこと。②「ほねうずき」に同じ。

「骨うずき」を調べると「毒が骨に入って痛むこと」とある。

柳広司にとって漱石とホームズは〝悪い情況から抜け出せない〟？

柳広司にとって漱石とホームズは〝毒のように全身にまわって骨が痛い〟？

どちらにしても意味が通じない。さては「骨までしゃぶる」「骨を盗む」的な意味で皮肉を言われたのか、とも疑ってみたが、全体としては褒めてくれているようなので、たぶん「骨に刻まれている」「骨の髄まで」といった意味だったのだと思う。最近、同業者や編集者のあいだでも「煮詰まる」が「行き詰まる」、「真逆《まぎゃく》」が「正反対」の意味で使われていると知って心底仰天したが、「骨がらみ」もそのうち別の意味で流布するようになるかもしれない――。

と初手《のっけ》から持ってまわった言い訳で今回のエッセイを始めたのには理由がある。

前々回、夏目漱石の『それから』を取り上げ、『こころ』との対比で論じたところ、予想外のというべきか、予想どおりというべきか、周囲から囂々《ごうごう》たる非難の声がわきおこった。「『こころ』に対してなんたる言い草だ。ろくに本も読んでない三流作家のくせに。謝罪しろ！」とは無論言われなかったが、たとえば「貴方はご存じないかもしれませんが……」「少し勘違いをされているようなので……」風の上品な物言いで当方の無知を啓蒙して下さった方々には心から感謝を捧げたい。親切なご指摘をいただいた方たちには大変申し訳ないのだが、それで私が自説を撤回するかといえばやはりそんなことはなく、一つには漱石自身が『吾輩は猫である』のなかで「セクスピヤも千古万古《ばんこ》セクスピヤではつまらない。偶《たま》には股倉から『ハムレット』を見て、君こりゃ駄目だよ位にいう者がないと、文界も進歩しないだろう」と言っていること、また柳広司は「骨がらみ」と評されるまでの漱石作品愛好者であることに免じて、ご容赦下さい。以上。

さて、柳広司のもう一つの「骨がらみ」、シャーロック・ホームズである。

一八五四年生まれ(推定)なので一八六七年生まれの夏目漱石とは十三歳違い。ホームズの方が一回り年上である。ちょうどホームズがロンドンで活躍していたころに、夏目漱石は官費留学生として英国に滞在している。二人は霧のロンドンの街角ですれ違っている——わけはない。理由は、言うまでもなく、シャーロック・ホームズはコナン・ドイルが生み出した小説の主人公《ヒーロー》だからだ。

初登場は一八八七年十一月刊『ビートンのクリスマス年鑑』に掲載された「緋色《ひいろ》の研究」。アフガニスタン帰りの元軍医ジョン・H・ワトスンが、シャーロック・ホームズ氏に紹介されるところから二人の冒険譚が始まる。二人の、というのは、シャーロック・ホームズの活躍のほとんどは「ワトスンの手記形式」で読者に提供されているからだ(一部例外あり)。最初の二つの長編『緋色の研究』と『四つの署名』はたいして話題にもならず、一八九一年、ストランド誌に掲載された「ボヘミアの醜聞」で人気に火がついた。短編形式が向いていたのだろう。ロンドン市民はホームズ物語に熱狂し、争うようにストランド誌を買い求めた——。

水物商売と呼ばれる出版業界の話だ。瞬間的に何十万、何百万部と売れる本はいまの日本でも時々現れる。さほど珍しい話ではない。

ホームズ・シリーズの特異さは、その反復性にある。爆発的に売れた数年後には誰にも顧みられない本が多いなか、ロンドン市民に絶大なる人気を博して以来、ホームズ・シリーズは百二十年以上にわたって世界中で読まれつづけている。古典として、だけではない。直接、あるいは間接的な二次創作、三次創作の源泉として、ホームズ・シリーズはアクチュアルに〝読まれている〟。

そんな本はめったにない。

二次創作、三次創作、と書いた。小説にかぎっても《ホームズ&ワトスン》を主人公としたパロディ作品がこれまでに数おおく書かれ、「ホームズ・パロディ」なる一ジャンルがあるくらいだ(このあたり、漱石の『猫』が「吾輩本」と呼ばれる一群の作品を生み出したのとちょっと似ている)。

ホームズ&ワトスン形式――常識のある語り手が頭脳明晰な変人探偵とコンビを組む話――ともなれば、扉に「手記だ、もちろん」のエピグラフを掲げたU・エーコの『薔薇の名前』もそうだが、二十世紀に書かれたミステリー小説の多くがホームズ物の影響下にあることは間違いない。

ホームズ物語は映像化されることでファン層を広げてきた。特に地元(?)イギリスで一九八四年から九四年に製作されたジェレミー・ブレット演じるホームズは多くの原作ファンにも支持された(残念ながら主役急逝のため〝完全版〟ではない)。最近は舞台を現代のイギリスに移したB・カンバーバッチ主演『シャーロック』が人気を博しているようだ。ハリウッドでも何度か映画化され、いずれもあまりパッとしなかったが、数年前に鬼才ガイ・リッチーが既成概念を打ち破る斬新なホームズ像を打ち出して話題をさらったのが記憶に新しい。

日本でも、小説の他、漫画やアニメ、ゲームなどで《ホームズ様式》が広く用いられ、一般化している。多くのクリエーターの「飯のタネ」というわけだ。

ホームズ・シリーズには娯楽小説の原型が網羅されている。冒険、推理、スリラー、倒叙、復讐、変装、潜入、スパイ、謀略、異常心理、相棒物《バディ》、昨今のオタク用語のキャラ立ち、萌え、BLといった要素まで含んでいて、それが人気の一つになっている。一方で、作品の「脇の甘さ」がファン心理をくすぐる点も見逃せない。

ホームズ愛好家たちは自ら「シャーロキアン」を名乗り、かれらはドイルが書いた四つの長編と五十六の短編からなる《正典《キャノン》》に隠された様々な謎に挑む。初歩的な《エレメンタリー》ところでは、ホームズとワトスンの生年月日は？　ワトスンはアフガニスタンの戦場でどこを撃たれたのか？　あるいは、シリーズ中に名前だけ紹介されている事件は、実際はどんなものであったのか？

最も美しい謎と答えを以下に。

《謎》「唇の曲がった男」で、ワトスンの妻メアリーが「ジョン」ではなく「ジェイムズ」と呼びかけているのはなぜか？

回答者は、英国の高名な推理作家ドロシー・L・セイヤーズ。

《答え》ワトスンの正式名称は「ジョン・H・ワトスン」。ミドルネームのHはスコットランド語で「ヘイミッシュ」。これは英語でジェイムズに相当する。

ため息が出るほど美しい回答だ――少なくともシャーロキアンにとっては。

誤解なきよう言っておくが、作品の脇の甘さ、辻褄があわない点は通常は欠点としてあげつらわれる。ネットで糞味噌に叩かれる。アバタもエクボが通じるのは恋をしている相手だけだ。

なぜホームズ物だけが特別なのか？

ホームズはなぜ繰り返し読まれるのか？

捜査は振り出しに戻ったわけだ。

読み返して気づくのは、作品世界の意外な明るさだ。平明さ、健全さと言ってもいい。

だが、奇妙ではないか？　犯罪小説、時に凄惨な殺人事件を扱い、主人公は傍《はた》迷惑な性格破綻者、さらにはコカイン常用者でありながら、作品全体のトーンは明るい？

十九世紀末、ロンドンは近代化に伴う急速な都市化が進んでいた。「ロンドンという大都会の成長ぶりを調べるのが趣味の一つ」(『四つの署名』)とホームズ自身が言っているように、当時のロンドンはイギリス国内のみならず、英国の帝国主義的拡張政策の反動でアジアやアフリカ、南半球といった場所から多くの者が流入し、膨張を続ける近代都市であった。ここで言う近代都市とは、人種も宗教も言葉も生活習慣も異なる者たちが一つ場所に集い、生活する空間のことだ。そこでは、ある者にとっての常識が別の者にとっては非常識となる。暗黙の了解は通用しない。その結果、見知らぬ者たちの間で起きる事件はしばしば奇怪《グロテスク》な様相を帯びる。

不可解な事件を前に彼らは混乱する。

これは何だ？　いったい何が起きているのだ？

シャーロック・ホームズは彼らの問いに答える。不可解な謎を見事に解いてみせる。徒手空拳、ただ推理という武器を使ってだ。ホームズが用いる推理推論は、理性あるいは科学的な思考と言い換えることもできる。

一見奇怪な事件は、理性を正しく働かせることによって理解可能な、平明な事象に還元される。ロンドンに蝟集《いしゅう》する見知らぬ者たちの奇怪な行動も、推理(理性)を用いれば理解可能なものとなる。彼らもまた理性的な他者なのだ。

近代都市の成立は、見知らぬ者同士がお互いを理性的な存在と見なすことが前提となる。朝のラッシュ時、すし詰めのプラットホームで私たちは他者の理性的な振るまいを期待するしかない。他者の非理性的な行為(突然暴れる、周囲の者を突き飛ばす等)を常に想定していたのでは日常生活が成り立たない。

見知らぬ他者に囲まれ、日々不安に苛《さいな》まれていたロンドン市民にとってシャーロック・ホームズの活躍は一条の光明であった。奇怪に思える謎にも美しい回答が存在する。どんな謎も誰かが説明してくれる。少なくとも、そう期待できる。

ホームズ・シリーズの人気の秘密はまさにこの点にある。不可解な謎を解き明かしてくれるのであれば、主人公が傍迷惑な性格破綻者であろうが、コカイン常用者であろうが関係ない。むしろ、そのくらい変人の方が頼りになる。無論、常識人の相棒(ドクター・ワトスン)が付いていてくれることが条件だ。

一八九三年発表の「ボール箱」を、書籍化に際して作者ドイル自身が削除したのも同じ理由だろう。作品末尾で「これは何を意味するんだ?(中略)何か目的がなければならない。さもなくば、この世は偶然によって支配されることになる」とホームズに述懐させることになったこの短編は、ホームズ・シリーズには相応《ふさわ》しくない。名探偵は、あくまで理性によって犯罪の意味を解き明かしてくれる存在でなければならない。さもなければ、この世界はたちまち何一つ信用できない混沌へと姿を変えてしまう――。

皮肉なことに、その後の歴史はホームズの理性や科学的思考が人間にとって万能ではないことを証明することになった。

二度に及ぶ世界大戦、ことにアウシュビッツやヒロシマ・ナガサキ、ドレスデンでの戦慄すべき悪夢はすべて、理性や科学によってもたらされたものだ。世界に光をもたらすはずの理性や科学を突き詰めていった結果、人類の歴史に理解不能な闇が生じた。人間はなぜ、これほどの悲惨と苦痛を同じ人間に与えることができたのか？

あるいはフクシマで原発が爆発したあのとき、日本の政治家や官僚、原発を作った科学者・技術者、放射線専門医たちは、この未曽有の事故がなぜ起きたのか、これは何なのか、これからどうなるのか、どうすれば良いのか、誰ひとり説明できなかった。薄々そうじゃないかと思っていた事実を、鼻先に突きつけられた感じだった。たかだか六年前の話である。

テクノロジーが進歩した結果、世界がブラックボックス化、中世化したという説がある。子供たちにとってスマホはハリー・ポッターの魔法の杖と同じだ。指を一振りすれば、誰でも願いがかなう。ただし、それにはリスクが伴う。見様見真似で魔法を使った魔法使いの弟子が、暴走する魔法を制御できず、悲惨な目に合うように。

私たちはもはや自分たちの世界を理解することも、理性的な他者を想定することも不可能なのだろうか？

残念ながら、まだその答えは出ていない。

だからこそ私たちはシャーロック・ホームズを希求するのかもしれない。混沌と不条理に満ちたこの世界を、誰もが納得する言葉で解き明かしてくれるヒーローとして。

（『シャーロック・ホームズの冒険』延原謙訳、新潮文庫他）

『ガリヴァー旅行記』ジョナサン・スウィフト

『ガリヴァー旅行記』を通して読むのは今回が三度目で、最初は小学生のころ、「児童文学全集」に収録されていた抄訳というか再話というか、要するに子供向けに編集されたバージョンで読んだ。たしか「小人の国」「巨人の国」「馬の国」の三章立てで、ところどころゲラゲラ笑いながら楽しく読んだ記憶がある。

二度目は大学に入ってすぐ。漱石の評論文をまとめ読みする機会があり、『文学評論』中に次のような文章を見つけたのがきっかけだった。

「スウィフトは英文学史中第一流の文学者と目されている。いやしくも英語を解する者でスウィフトの名を知らぬものはあるまい」

あの『ガリヴァー旅行記』の作者が、英文学史中第一流の文学者？

意表をつかれた感じだった。しかも、漱石の評論文は概してあまり面白くないのだが、スウィフトについて語る章だけは彼独特の飄々としたおかしみのある文章で、例えば、

「(ガリヴァーは)冒険者といっても好んで冒険を遣《や》る訳ではない、この男が船に乗って出ると必ず難船する、難船して知らぬ国へ上陸すると必ず妙な所へ行く。だからこれは受動的の冒険者というべきである」

漱石自身が作品を面白がっているのがよくわかる書きぶりだ。「下手な小説や詩などを幾十冊積んだところで到底『ガリヴァー旅行記』に及ぶものではない」とまで書いている。

おいおい、漱石マジかよ? と半信半疑、当時岩波文庫から出ていた全文訳を読んでみると、なるほど面白い。子供にだけ読ませておくのはもったいない。というか、これは本来、子供が読む本ではない。周知とは思うが、作品内容を一応簡単に説明すると、

英国人の船乗りガリヴァー(船医、後に船長)が航海に出ては遭難し、色々と変な場所に行く。最初は「小人の国《リリパット》」、次が「巨人の国《ブロブディンナグ》」、さらに「空飛ぶ島《ラピュータ》(ジブリアニメのあのラピュタ)」から日本を経て、最後の航海(遭難?)で「発音さえできない馬の国」(Houyhnhnm　翻訳では「フウイヌム」)にたどり着く——。

日本の読者としては第三話が気になるところだ。スウィフトは早くから日本に興味をもって

いたらしく、第一話でリリパットを離れたガリヴァーを救ったのは〝日本から帰国途中の英国商船〟であり、また第三話では船が日本の海賊にのっとられたところから彼の冒険(漂流)が始まる。が、ラピュタに始まり日本で終わる第三話は、残念ながら物語としてはもう一つパッとしない。ラピュタを下島(と言うのかしらん?)し、幾つかの場所を経てたどり着いた日本に関する記述は文庫で五ページ足らず。あっさりしたものである。わずかに踏み絵の儀式が語られるくらいで、逆に言えば江戸幕府の「踏み絵」は当時のヨーロッパの人々にとっては「飛行島」と同じくらい奇怪な儀式だったということだろう。

白眉は何と言っても第四話「馬の国」だ。それまで英国政府や教会、宮廷社会に向けられていたスウィフトの諷刺は人間存在そのものへと向けられる。「馬の国」はフウイヌム(知性ある馬)が、野蛮なヤフー(知性なき人間)を治める世界だ。ガリヴァーは最初こそ混乱するものの、すぐにフウイヌムの振る舞いを心から賛美し、ヤフーの行為を嫌悪するようになる。同時に、姿形を含め、自らのヤフー的要素を忌み嫌い、なんとかフウイヌムに近づきたいと懸命に努力する。ガリヴァーの努力はある程度報われる。が、最後には己は所詮ヤフー側の存在なのだと悟り、絶望のうちに「馬の国」を去る。

「文学あってより以来侮辱を人間の上に蒙《こうむ》らしたもののうちで、こんな悪辣《あくらつ》な思い付は決してあるまい。段々読んで行くうちに、厭《い》やな心持がする。自分で自分が厭やになるのである。自分で自分に愛想が尽きて嘔吐を催す位になるのだ。厭やだという感じの前に、道理《もっとも》だという心が起らねばならん。思わぬ者どもは、自分がえらいと自惚《うぬぼ》れているからである」

とは漱石先生の感想で(一部略)、さすがに言い得て妙である。

スウィフトはヤフー(=人間)を情け容赦なくおぞましい存在として描き出す。彼の諷刺は自他(著者、読者)もろとも焼き尽くさねばおかぬ地獄の炎だ。自分だけは情況の外に立って、他人の失敗、欠点、あらを賢《さか》しら顔に指摘する昨今のネット上での匿名の誹謗中傷とはこの点において決定的に違っている(ちなみにヤフーの綴りはまさにYahooであり、同名の検索サイトの存在を知ったときは、いったいどんなジョークかと首を捻った。さらに「ヤフー知恵袋」と聞いて思わず爆笑したのは、私一人ではあるまい)。

地獄の炎、と書いた。スウィフト当人は決してこんな激した表現は用いない。彼はあくまで冷静に情況を描写する。「スウィフトの筆は詩的なところがない。(中略)氷柱の側に坐っているような心持がする」とは漱石の評だが、そのため『ガリヴァー旅行記』の読者は主人公と一緒に〝実際にこんな経験をしたら気が狂ってしまうだろう〟と思われる常識はずれの奇怪な場所を旅してまわりながら、存外平気な感じがする。どんな危難に瀕しても、覚《さ》めた目で己の置かれた情況を観察する。

困るのはむしろ随所に見られる糞尿譚《スカトロジー》だ。が、これは「こんな話を真面目にとってくれるな」というスウィフト流の煙幕なので〝まともに浴びせ掛けられないよう〟気をつけながら読み進むしかない。

問題はその先。露骨な糞尿譚に苦笑しながら不思議な国を見てまわり、気がつくと読者は見知らぬ場所に立たされている。「何でこんなことになったのか？」と呆然とするはめになる。

冒険譚・漂流記というものは本来、旅先でどれほど奇妙な経験をし、不思議なものを見てまわろうが、最後は必ず元の場所に帰ってくるのがお約束だ。『月世界旅行』然《しか》り。『ほらふき男爵の冒険』然り。『二年間の休暇(十五少年漂流記)』や『海底二万哩《マイル》』でも、見聞を広め、成長することはあっても、基本的に〝お約束〟は守られている。

だが『ガリヴァー旅行記』(探険記でも冒険でも漂流記でもなく、単なる旅行記)では読者は最後に見知らぬ場所に置き去りにされる。心ならずも「馬の国」を去ったガリヴァーが故郷に帰り、愛する家族と再会を果たすその場面。

家に入ると、妻が私にしっかりと抱きつき、唇を押し当ててきた。こんなおぞましい動物に触れられたのは久しぶりだったので私はたちまち気を失い、一時間近く意識が戻らなかった。

正直に告白すると、妻子を見た瞬間、私の心に湧き上がってきたのは憎しみや嫌悪、軽蔑の念だけだった。（中略）いまだに同じ器からものを飲むのも許せないし、手を握られるなど考えるにおぞましい。

ガリヴァーは何頭かの馬を飼い、彼らと「毎日少なくとも四時間はあれこれ語りあう」ことで何とか正気を保つ。本篇の最後の一文は「我々（ガリヴァーと馬たち）はとても親密に過ごしているし、馬同士の間にも友情が生まれている」である。

本書の主人公レミュエル・ガリヴァー氏は、旅をした結果、別の人間に生まれ変わった。彼とともに旅をした読者もまた己の存在の在り方を問われるということだ。このことが『ガリヴァー旅行記』をして、他の数多ある旅行記・冒険記・漂流記とは一線を画す作品にしている。ちょうど、無人島に漂着してなお英国人としての習慣から一歩も外に出ることがなかった、かのロビンソン・クルーソー氏の冒険譚と対照的な意味においてだ。

さて。

以上は再読時の感想なので、三度目ともなれば異なる角度からの読書が試みられるべきであろう。例えば『ガリヴァー旅行記』をスウィフトの他の著作のあいだに置いた場合、いったいどんな景色が見えてくるのか?

スウィフトが『ガリヴァー』と併行して書き進めたといわれるのが『ドレイピア書簡』(漱石の文学評論では『ドレーピアの消息』)と呼ばれる一群の文章だ。小説ではない。政治パンフレットというべき内容で、正直に打ち明けると、私自身は現物を読んでおらず、以下は研究書からの孫引きになるので心苦しいのだが、言い訳はこのくらいにして先に進む。

当時アイルランドはイングランドに支配されていた。アイルランド議会の決定はすべてイングランドの承認を必要としたのだから、ざっくり言えばそうなる。そのアイルランドで事件が起きた。一七二二年のことだ。詳細は割愛するが、王とその愛人が悪徳商人と結託して、インチキ特許状を使ってアイルランドを食い物に私腹を肥やした。権力者とその妻と悪徳商人が結託し、インチキ特許状を使って私腹を云々というのは最近も聞いた気がするが、大体あんなような話である。

二年後、政府を痛烈に批判するパンフレットが出版された。著者はM・B・ドレイピア。パンフレットは第二第三第四書簡と続き、他にも詩や散文が矢継ぎ早に発表された。反響は凄まじく〝それはまさにラッパの響きのように鳴り渡った〟という。アイルランド国民はドレイピアの旗の下に集結し、大義のために身を投げ出した。抗議運動はアイルランド全土に広がり、英国政府も重い腰を上げざるを得なくなった。一七二五年、特許状は取り消され、悪徳商人は姿を消した。アイルランド国民側の完全勝利だ。

圧政に喘いでいたアイルランド国民を立ち上がらせた『ドレイピア書簡』の著者がスウィフトであった(一時期英国政府は「ドレイピアの正体を通達した者には三百ポンドの賞金を出す」との触れを出したが、密告者は一人も出なかった)。

スウィフトはアイルランドの英雄だった。誰もが彼を誉めそやし、輝かしい栄光に包まれていたまさにその時期に、人間(ヤフー)に対するシニカルな意見表明――『ガリヴァー旅行記』第四話「馬の国」篇を〝氷柱の側に坐っているような〟冷ややかな文章で書いていた。

なんと言うか、凄まじい人物としか表現のしようがない。

尤も、思い起こせば、私が子供の頃には近所にこんな爺さんがたいてい一人か二人はいた気がする。一人暮らしの偏屈爺さん。爺さんと言っても、今にして思えば五十代かせいぜい六十代だったのだろう。いつも唇をへの字に曲げ、恐ろしく無口。うっかり何か尋ねると、皮肉に嫌みの粉をたっぷりまぶした答えが返ってくる。世の中の権威を一切信じず、地元の政治家やエラい役人が訪ねてきてもそっぽを向いている。近所の大人たちは閉口していたが、あの爺さんこそが本当の大人だったのではないか。

最近は物分かりのよい大人や年寄りが多すぎる。にこにこと人のよい笑みを浮かべ、世の中に不平不満の声を上げるわけでもなく、健康に気をつけ、気の合う仲間とつるんで旅行する。美味しい物を食べ、温泉に入る。極楽極楽。年金もたっぷりもらえるし、株価も上がった。今の若い人たちは大変だわね。将来どうなるのかしら。まるでヤフ……。

スウィフトがアイルランドのために健筆を奮ったのは『ドレイピア書簡』一度きりではない。その後も彼は何度も皮肉で痛烈なパンフレットを発表してアイルランドの窮状を訴え、改善を求めている。だが、彼はそもそもアイルランド人でさえない。祖父の時代にイングランドからのがれてきた逃亡難民だ。スウィフトのアイルランド嫌いは有名で、親しい者に宛てて何度も「惨めなアイルランド、たまらないダブリン」と書き送っている。

アイルランドが大嫌いでも、人間を信じられない厭人主義者でも、自由を奪われ、あくなき搾取の犠牲に供されているアイルランドの貧困と荒廃を前にして、彼は黙ってはいられなかった。スウィフトがもし今日の日本の情況を——フクシマやオキナワで起きている問題から目を逸らし、国を挙げてオリンピックにうつつを抜かしている有り様を、反対意見を表明していた者たちまでが「決まったからには仕方がない」と、まるで「始めたからには勝たなければならない」と先の戦争の時と同じ発言をしているこの国の人々を目にしたら、きっとさらにおぞましい『ガリヴァー旅行記』第五話が書かれたに違いない。

スウィフトの晩年は悲惨であった。若い頃からの習慣だった散歩は年とともに長くなり、ついに十時間に及ぶ。もはや散歩ではなく徘徊である。その散歩中、同行の友人に彼はてっぺんから立ち枯れる老大木をさし示して、「見たまえ、あれが、そのまま私の姿だ」と唇の端を歪めて言ったという。

最晩年、何か言いつけようと召し使いを呼んだものの言葉にならず、「馬鹿か、おれは」と呟いた。それが〝英文学史中第一流の文学者〟スウィフトの記録に残る最後の言葉だ。

一七四五年、スウィフト死す。享年七十九。同時期の後輩作家から「なんという恐るべき崩壊と廃墟！　さながら大英帝国の滅亡を思わせる」と評された彼の死は、老いを引き受け、死が如何なるものであるか次の世代に知らしめる、スウィフトなりの大人の流儀であった気がする。

（『ガリヴァー旅行記』平井正穂訳、岩波文庫他）

#『山月記』中島敦

ある文芸編集者によれば「本を二度も三度も読むというのは最近の流行りではない」そうだ。「若い読者に勧めるのなら、一読して内容がわかるもの、できれば泣けるものが良いのではないか」と助言、もしくは忠告された。

出版業界の都合もあるのだろう。出版不況のこの御時世、同じ本を二回も三回も読まれたのでは商売にならない。妙なエッセイを書いて、おかしな読み方を広められても困る——。

というわけで、今回は様々な「読み方」についてのお話です。

「読む」とは何か?

『怪談』を取り上げた回で「近代小説は音読より黙読に適している」と書いた。逆に言えば、近代小説以前は音読が中心だったということだ。ヨーロッパの中世社会を描いたある翻訳小説に、書庫を覗いた主人公が本を黙読している若者の姿に驚愕する場面があって、タイトルも内容も忘れたが、そこだけ妙に印象に残っている。

明治以前の日本でも本(漢籍)は音読が中心であり、年少者は寺子屋の師匠のあとについて漢籍を音読し、あるいは書き写し、最終的には諳《そら》んじるのが「読み書きを学ぶ」ということだった。

〝子(孔子)、曰《のたまわ》く……〟

という、例のやつだ。当時は四書五経を悉《ことごと》く諳んじ、という強者も珍しくなかったそうで、手元にオリジナルがなければ引用もおぼつかない現代人の一人としては俄に信じられない気もするが、考えてみれば、いたいけな幼稚園児が教育勅語を意味もわからず暗誦させられている、それを見て周囲の大人たちが喜んでいる衝撃(笑撃?)映像はまだ記憶に新しい。暗誦に特殊な才能は必要ない。子供たちにとっては妙な英語交じりの流行歌や、「寿限無《じゅげむ》」を覚えるのと大して変わりはなかったのだろう(それにしても「朕惟《チンオモ》フニ我ガ皇祖皇宗国ヲ肇《ハジ》ムルコト」だ。『クレヨンしんちゃん』世代の子供たちが、よく吹き出さなかったものだと惟フ)。

「一読ああ面白かった(泣けた)↓ぽいっ」から「子、曰く」の暗誦まで。本(文章、小説)を「読む」には様々なやり方がある。何も「一読↓ぽいっ」が悪い、本や文章は須《すべか》らく暗誦すべしなどと、そんなことを言っているのではない。以前取り上げた『それから』の主人公は、四書五経を諳んじる父親を評して「金の延金《のべがね》を延金のまま呑んでいる」と痛烈に皮肉っているし、「子、曰く」が落語や川柳のネタとして散々茶化されてきたのは周知のとおりだ。幼稚園児の教育勅語暗誦にしたところで、この先の彼らの長い人生で役に立つのは宴会芸としてくらいなものだろう。

だが、それでもやはり、「一読→ぽいっ」では読み切れない本がある。その読み方ではもったいない、と言うべきか。

例えば中島敦の『山月記』。

最初は高校の教科書で読んだ。と言うか、正確には、国語の授業で級友が指名され、立って読まされたのを耳で聞いた。

隴西《ろうさい》の李徴《りちょう》は博学才穎《さいえい》、天宝《てんぽう》の末年《まつねん》、若くして名を虎榜《こぼう》に連ね、ついで江南尉《こうなんい》に補《ほ》せられたが、性《せい》、狷介《けんかい》、自ら恃《たの》む所すこぶる厚く、賤吏《せんり》に甘んずるを潔《いさぎよ》しとしなかった。

教室のたるい空気が突然変わった気がした。なんだ、これは？　そう思ったのを、いままでもはっきりと覚えている。

少し補足説明すると、最近は知らないが、当時の教科書に載っていた小説、例えば川端康成や三島由紀夫の作品は声に出して読むとどうにも照れくさいような内容で、小説は部屋で一人で読むもの、人のいる場所、ましてや級友たちの前で(当然女の子たちもいるわけだし)声に出して読むなどとんでもない、と堅く信じていたところがあった。そもそも音読はこっぱずかしい。自意識過剰の高校生ならなおさらだ。

いくばくもなく官を退《しりぞ》いた後は、故山《こざん》、虢略《かくりゃく》に帰臥《きが》し、人と交《まじわり》を絶って、ひたすら詩作に耽《ふけ》った。下吏《かり》となって長く膝を俗悪な大官《たいかん》の前に屈するよりは、詩家としての名を死後百年に遺《のこ》そうとしたのである。

——ああ、これは音読・朗唱向きの小説なのだ。

と稲妻のように閃めいたのは当然ながら私一人ではなく、その当日だったか数日後だったかは忘れたが、私の部屋に集まった数名の友人たちは興奮した様子で〝己の発見〟を語った。曰く、

——中島敦の「山月記」は面白い。

あたかも新大陸を発見したコロンブスになったかのごとく、彼らは皆が皆、いかにして自分一人が「山月記」の面白さを見いだし得たのかを語り、その後口角泡を飛ばす議論となったのは今にして思えば恥ずかしいかと言えばそんなことはなく、三十五年も経てばとっくに懐かしい思い出だ。当時、全国の高校で同様の場面が見られたはずだし、同じような場面が役者を変えて今も毎年演じられているという話を、高校の国語の教師をしている友人から先日苦笑交じりに聞かされたばかりである。

スマホが普及し、ネット社会となった今日なお、難読漢字の多い、一見小難しそうな「山月記」が若い読者を魅了しつづけている理由は何か？

三十五年前、高校生だった私たちを惹《ひ》きつけたのは、第一に作品の短さだった。当時の教科書はさすがにもっていないので、手元の文庫本で数えると本文はわずか十ページ足らず。その十ページで、きっちりと起承転結の物語を描いている。退屈な文章を散々読まされたあげく、「で、結局どうなったの？」と尻切れトンボの結末を高く評価されるジュンブンガクとはエライ違いだ。

音読した際の音の響きが面白い。

それもまた若い読者を惹きつける要因だろう。かって私たちは、誰に強制されたわけでもなく、受験に役に立つわけでもないのに、「山月記」の文章をどこまでそらで言えるかを競い合った。となれば、何しろ高校生だ、何人かは文庫本十ページ足らずの文章などたちどころに暗記し、最初から最後まで作品全文を暗誦してみせた。最近は知っているはずの人名や簡単な固有名詞がなかなか思い出せずに難儀している身としては、目眩《めまい》を感じるほどの羨ましい記憶力だ。せっかくならもう少し何か別の使い道があったのではないか、と残念な気がしないでもないが。

年譜によれば、中島敦が「山月記」を書いたのは三十歳前後。五十になった著者からみれば、恐ろしいことに、ほんの若者である。

中島敦にとって「山月記」は所謂《いわゆる》〝デビュー前(に書いた)作品〟であり、漢字が多く並ぶ本作が代表作と見なされているせいか、中島敦の漢籍の素養を特別視する評論をよく見かける。が、小説家としてデビューするためには先行の作家たちとは異なる新機軸が必要なのは当たり前の話なので、その点をことさらに持ち上げ、賛嘆してみせる風潮はどうかと思う。取り上げるべきはむしろ、近代小説の流れに反して敢えて音読に向いた作品で勝負を挑んだ彼の心意気だろう。

「山月記」にはデビュー作に相応しい恍惚と不安が感じられる。「撰《えら》ばれてあることの／恍惚と不安と／二つわれにあり」。太宰治が処女創作集の巻頭に掲げた、例の恍惚と不安だ。本来は宗教者の心境を語ったヴェルレエヌの言葉を、太宰がわざと誤用したというのが通説で、若干後づけの気もしないでもないが、言われてみればいかにも引用・アレンジ・盗用好きの太宰らしい話ではある。太宰ほどの面《つら》の皮の厚さを持ち合わせていない中島敦は己の心境を「山月記」の作中で「臆病な自尊心と、尊大な羞恥心」と言い表している。

〝これでどうだ〟という己の才能への高慢なまでの自負と、一方で〝これで本当に書いていけるのか？〟という自信のなさ、「臆病な自尊心と、尊大な羞恥心」が渾然一体、ないまぜになって作品から滲み出ている。この年齢で読み返せば、ちょっと痛いほどだ。逆に言えば、まさにその痛みこそが若い読者を惹きつけ続けている要因だろう。

隴西の李徴は詩作に打ち込み過ぎた結果、虎になった。顧みて、自分は虎になるほど詩作（創作）に打ち込むことができるのか？

小説家としてデビューする前の中島敦の恍惚と不安は、そのまま未来を見つめる高校生の恍惚と不安に重なる。

自分は虎になるほど何かに打ち込むことができるのか？

「山月記」は、多くの若い読者の胸に突き立てられる氷の刃だ。そうでなければ「音読した際の音の響きが面白い」や、ましてや「短い」といった程度の理由で作品全文を暗記し、一人部屋で寝転がって呟いてみるほど高校生は今も昔も暇ではない。

同じ中島敦の作品でも、たとえば「名人伝」では印象はガラリと変わる。

作品の長さはほぼ同じくらい(文庫本で十ページ足らず)、同じように古い中国を舞台に、同じように難読漢字の多い字面、一見同じような語り口でありながら、ここまで印象が変わるものかと驚かされるほどだ。

作中からはあやうさが消え、その代わりに確かな自信に裏打ちされたユーモアと高揚感が伝わってくる。弓の名人(はた迷惑な変人だ)の、いかにも東洋的な振る舞いを描いた〝渋い内容〟でありながら、「名人伝」はまぶしいほどの光を湛えている。

理由は明らかだ。

「名人伝」は昭和十七年九月以降に執筆されたことが確認されている。同じ年二月、「山月記」(と「文字禍」)が『文学界』に掲載され、中島敦は小説家としてデビューを果たした。よし、と思ったはずだ。これで書いていける、と。

その頃に書かれたのが「名人伝」だ。デビュー直後の高揚と自信が、良くも悪くも、作品を

「大人の小説」にしている。五十を過ぎた今の私が新しく読むなら「山月記」より「名人伝」を選ぶと思う。奇想天外。波瀾万丈。随所に仕込まれた白髪三千丈式のユーモアにニヤニヤと笑いながら読み進め、人を食ったような意外な結末に目を瞬かせる。くすりと笑った後で、もう一度最初の一行から読み返したくなる。そんな作品だ。

二度目に読むなら、ぜひ音読をお勧めしたい。

趙《ちょう》の邯鄲《かんたん》の都に住む紀昌《きしょう》という男が、天下第一の弓の名人になろうと志を立てた。

まさか高校生のように全文を暗誦するわけにはいかないが、たとえば「人は高塔であった。馬は山であった。豚は丘の如《ごと》く、鶏は城楼《じょうろう》と見える。雀躍《じゃくやく》して家にとって返した紀昌は、再び窓際の虱《しらみ》に立向い、燕角《えんかく》の弧《ゆみ》に朔蓬《さくほう》の簳《やがら》をつがえてこれを射れば、矢は見事に虱の心の臓を貫いて、しかも虱を繋《つな》いだ毛さえ断《き》れぬ」、あるいは「既に、我と彼との別、是と非との分《ぶん》を知らぬ。眼は耳の如く、耳は鼻の如く、鼻は口の如く思われる」といった文章を何とか暗記して、いつかどこかで誰かを相手にこれを言って笑いをとりたいものだと、ついつい夢想したくなる。

「一読→ぽいっ」を前提とした作品ばかりでは、こんな読書の楽しみはとうてい望めまい。

やはり業界の都合など忖度せず、小説家は小説家の仕事をするべきだ。編集者は編集者で自分のなすべき仕事をして下さい。

中島敦は小説家としてデビューを果たした同じ年の十二月に喘息《ぜんそく》の発作が悪化し、心臓衰弱のために死去した。まだ三十三歳。書きたい小説はいくらでもあっただろう。彼の無念を思うと、己が五十を過ぎてなお馬齢を重ねていることに罪悪感を覚えるほどだ。

隴西の李徴は博学才穎……。

そう呟くだけで、高校生だった当時の恍惚と不安、「臆病な自尊心と、尊大な羞恥心」が胸に浮かんでくる。

それもまた、読書の効用だろう。

(『李陵・山月記』角川文庫/岩波文庫他)

『カラマーゾフの兄弟』フョードル・ドストエフスキー

前回『山月記』を取り上げたさい、「高校生だった私たちを惹《ひ》きつけたのは作品の短さだった」と書いた。逆に「長さ」によって惹きつけられた作品もある。例えばドストエフスキー、『カラマーゾフの兄弟』。

ロシア人の書く小説は概して長いという印象があるが、当時の高校生が入手可能だった文庫本で言えば、やはりトルストイとドストエフスキーが「長い小説」の双璧で、NHK大河ドラマ風のトルストイの小説を(少なくとも友人たちの前で)絶賛する者はあまりいなくて、もっぱらドストエフスキーの作品群が「長い小説」の代表のように目されていた。そして、彼の作品では『カラマーゾフの兄弟』が一番長い。

今回このエッセイを書くにあたって久しぶりに読み返したが、やはり長かった。家にあった昔の文庫本はページが黄ばみ、文字も小さすぎてもはや読むに耐えないので、いくらか字が大きく、その分ページ数が増えた文庫を新しく買ってきて三日がかりで読んだ。

読みとおすのに体力がいる小説だ。長さのためばかりではない。全編を通じて恐ろしくテンションが高く、登場人物たちは誰も彼も作品世界に現れるや否やいきなり相手を怒鳴りつけ、げらげらと笑い、痛烈な皮肉を飛ばしたあげく、取っ組み合いをはじめかねない活《い》きのよさだ。まるで、舞台の幕が上がるなり役者が袖から飛び出してきて自分の台詞を大声でがなりたて、すぐにバレエが入って舞台狭しと飛びまわり、ひとしきり大騒ぎしたあげく、自分の出番が終わるとたちまち引っ込んでいくロシア・オペラのような目まぐるしさだ。

「演劇的」。ドストエフスキーの小説への批判の一つに「リアリティーがない」というものがあるが、たぶんこのあたりを指しているのだろう。だが、狂騒的な冒頭一幕の隠された意味は読み進むにつれて次第に明らかになる。登場人物の演劇的な振る舞いには、それぞれちゃんと理由があった。小説後半で明かされる衝撃の事実への巧妙な伏線というわけだ。

しばしば指摘されるように『カラマーゾフの兄弟』は一見行き当たりばったり、出たとこ勝負のように見えながら、「隠された意味」「衝撃の事実」「巧妙な伏線」といった専門用語を思わず使いたくなるほど優れた謎解き小説《ミステリー》として仕組まれている。

念のため要点をおさらいしておくと、主要な登場人物はカラマーゾフ家の三兄弟ドミトリー、イワン、アリョーシャと、父親フョードル。ここに二人の女性カテリーナ、グルーシェニカ、さらに三兄弟の異母兄弟とも目されるスメルジャコフが絡んでストーリーが展開する。

主題はずばり〝父親殺し〟だ。父親フョードルが「悲劇的な謎の死をとげた」事実は、本編一行目で明かされる。誰が、何のために、いつ、いかにして(3W1H)フョードルを殺したのか？　作者は恐るべき殺人と、その謎解きが語られると宣言する。

長い前置きと容疑者たちのそれぞれ思わせぶりな振る舞いに続いて、実際の犯行シーンはページ割にしてちょうど作品の半分あたり。ここから物語は一気に犯罪小説の分野に突入する。容疑者(WHO)は長兄ドミトリー。動機(WHY)は金と色欲の両方。彼には機会(WHEN)も手段(HOW)もあった。情況証拠は揃っている。だが、ドミトリーはあくまで犯行を否認する。真相や如何に？

作者ドストエフスキーはテーブルの上に伏せたカードを並べ、両手をこすり合わせたあとで、おもむろにカードを開いてみせる。「ぶっ殺してやる！」の言葉の意味。打ち倒された老人は誰か？「たくさん」の数え方。3＋3＝6は正しいか？　泥棒と卑劣漢のちがい。殺人現場に残された空《から》の封筒の謎。盗まれた金の本当の隠し場所。「殺人計画書」。魂が宿る場所とは？

犬は夜どおし吠えていたのか。あの謎の答え《ル・モ・ド・レニグム》は？伏せたカードが一枚ずつ開かれるたびに現実の別の貌が現れる。一説によればドストエフスキーは賭博中毒者だったそうだが、なるほどカードを操る彼の手際は鮮やかであり、この作品に仕組まれた伏線をすべて見抜くのは現代のミステリー読者にとっても至難の業だろう。

犯罪小説の書き手としての作者の現代性は見事な伏線だけに留まらない。『カラマーゾフの兄弟』には後世のミステリーで多用される幾つかの技法がすでに見受けられる。「多重人格」、あるいは「あやつり」(誰が、誰を？)といったものだ。

作品は終盤「逆転法廷物」とでもいうべきドラマチックな展開をへて、あっと驚く意外な結末へとなだれ込む。

犯罪小説として読んでも面白い。だが、優れた小説の多くがそうであるように『カラマーゾフの兄弟』は別の読み方も可能だ。

例えば神との対話。宗教小説として。

なにしろ本編冒頭が修道院での会合シーンである。ロシア正教会。日本人にはおよそ馴染みのない世界だ。会合を取り仕切るのは、アリョーシャが敬愛するゾシマ長老。長老制についての説明が続く。作品を通じて「神」についての対話や考察があり、数えた訳ではないが「神」

と「悪魔」は頻出単語の上位に来ると思う。きわめつけは次兄イワンが語る「大審問官」のくだりだ。宗教小説の印象は決定的なものとなる。

〝なるほど作者ドストエフスキーは世界の矛盾について突き詰めて考えようとしている。彼が真剣であることは認めざるをえない。だが、彼は最後の最後で目をつぶってジャンプする。問題の解決を、土壇場で非合理で存在証明不可能な神の手に委ねてしまう。キリスト教的神を前提とする彼の小説は、結局はキリスト教的世界内部でのみ通用する作品ではないか？〟

ドストエフスキーの小説への二つ目の批判が「暗闇への跳躍」だ。

だが、これも読めばわかることだが、少なくとも『カラマーゾフの兄弟』では、作者は「暗闇への跳躍」を拒否している。

作者がロシア正教会修道院での会合場面と主人公アリョーシャのゾシマ長老への帰依からこの小説を始めた理由は、そこが跳躍の果ての着地点（終点）ではなく、出発点（起点）であることを示すためだ。作品内に頻出する神や悪魔の語は別の語に置き換えることもできる。正義、不正義といった言葉にだ。また、「カラマーゾフ」といえば「大審問官」と連想ゲームのように語られるが、改めて作品全体を眺めれば大審問官のくだりはなしでもいける。いけると思う。

何を言いたいかと言えば、この作品はキリスト教的神（世界観）がなくても成立するということだ。事実、第三部でゾシマ長老が死後に示した(反)奇跡によってアリョーシャは神の世界から世俗へと投げ返される。信仰ではなく正義の問題に向き合わされる。前半の山場だ。神の世界に絶望し、自暴自棄になったアリョーシャの魂を救ったのは、グルーシェニカが語る「一本の葱《ねぎ》」の寓話だった。芥川の「蜘蛛の糸」との類似性が夙《つと》に噂される例の話だ。勉強家の芥川が知っていた、パクった、のは間違いない。だが本歌取りは日本文化の伝統だ。「一本の葱」を「蜘蛛の糸」に置き換えた芥川の見事な翻案をこそ讃えるべきだろう。アリョーシャは「大地に接吻し、大地を永遠に愛することを誓って」修道院を離れる。

以後、物語はキリスト教的世界観をいったん棚上げにして進行する。

第三部の後半では長兄ドミトリーのカーニバル的狂騒と逮捕の顚末が語られるが、ここまで長大な小説の三分の二を使ってわずか二日の出来事である。

第四部は、いきなりケストナーあたりが書きそうな少年少女小説で始まる。あまりに雰囲気が違い過ぎ、初読の際は印刷所の間違いではないかと思って目次を確認したくらいだ。

その後物語は再び転調。イワンとスメルジャコフの印象的な対話。そして、悪魔が現れる。角を生やし、しっぽのある、おなじみのキリスト教的な悪魔ではなく、まさに現代的な悪魔が。イワンと悪魔との会話が後半の山場だ。

続く裁判の場面では、作品冒頭で口上を述べたきり登場人物を野放しにしていた「わたし」が唐突に顔を出して裁判の様子を語りはじめる。自由自在、といえば聞こえはいいが、今ならば絶対に入稿時点で「視点人物は？」と赤線赤字付きで突き返される書き方である。絶対に、と言い切れるのは、私自身、デビュー前後に何度かそうした書き方をして、原稿を突き返された経験があるからだ。

ドストエフスキー小説への第三の批判が「視点の不統一」だ。「物語を書いているのが誰なのかわからない」「作者にはわからないはずの出来事や心理が書かれている」云々。

だが、読者にとって視点がそれほど重要な問題なのだろうか？

『カラマーゾフの兄弟』を初めて読んだ時、私は圧倒された。それまで自分が読んできた小説――作者の身勝手な告白や身辺雑記、他人にはどうでも良い〝ほれたはれた〟の恋愛話、テレビのワイドショーでも見ているような卑小な犯罪《スキャンダル》、正義は必ず勝つ勧善懲悪物語、あるいはその逆の悪漢小説《ピカレスク》、さもなければ荒唐無稽な御伽噺《おとぎばなし》といったものは、いったい何だったのかとしばし呆然となった。

何も『カラマーゾフの兄弟』が〝そういった話ではない〟と言っているのではない。むしろ逆だ。『カラマーゾフの兄弟』は作者の身勝手な告白文や身辺雑記であり、他人にはどうでも良い恋愛話であり、テレビのワイドショー的な卑小な犯罪《スキャンダル》(所詮は田舎の一家族内の揉め事だ)、同時に勧善懲悪物語でも、その逆の悪漢小説《ピカレスク》でもある。さらに言えば、悪魔が出てくる荒唐無稽な御伽噺だ。

私が打ちのめされたのは「一つの小説にここまで盛り込むことができるのだ」という事実であった。自在な書き方はそのための手段だ。視点の問題など何ほどのことであろう。

M・バフチンはドストエフスキーの小説を「多声的《ポリフォニー》とカーニバル」という視点で説明している。小説は(一人称のいわゆる「私小説」を除けば)本来的に多声的であるはずなので、その点をわざわざ強調しなければならなかったのは、たぶん二十世紀前半という時代とソ連の特殊な社会背景のためだろう。カーニバルの視点は確かに秀逸である。カーニバルには仮面と道化がつきものだ。そこでは聖史劇が演じられ、期間限定で「陽気な地獄」が現前する。時間の概念は無効となり、「十億年」に匹敵する一瞬が現れる——などと小難しい話はともかく、カーニバルは楽しい。だからこそ、カーニバルを楽しむためには体力が必要なのだ。

カーニバルの参加者たる『カラマーゾフの兄弟』の登場人物たちは揃いも揃って途方もないエネルギーの持ち主だ。彼らは良く食べ良く飲み(食事の場面がやたらと多い)、良く喋る。喋って喋って喋りまくる。バフチンのいう多声的とはさてはこのことか、と勘違いするほどだ。

一人きりでも大人数でも、彼らは実によく喋る。喋った揚げ句、自分の言葉に興奮してヒステリーを起こす。神経性の熱病にかかる。男女を問わずそうだ。なんというか、凄まじいエネルギーである。

ちなみに、私が自分で小説を書こうと思い立った際(四半世紀ほど前の話だが)、何が一番困ったかといえば登場人物たちがまったく喋ってくれないことだった。小説家を志す者の多くは、最初は自分が面白いと思って読んできた小説に似せて書こうとする。画家を志す者が好きな絵を模写するようなものだ。ところが『カラマーゾフの兄弟』をイメージすると、自分が書いた小説の登場人物たちはまったく喋らない。ことに日本が舞台では、まず絶望的に喋らない。神経性の熱病になど逆立ちしてもかからない。彼らのあまりの無口ぶりに苛立《いらだ》った私は、結局、古代ギリシアや十九世紀の欧州辺境を舞台に小説を書き始めることになるのだが、これはまあ余談である。

小説にとって不可欠な要素(と私が考える)皮肉とユーモアも、『カラマーゾフの兄弟』ではロシア的一口話《アネクドート》とカーニバル的哄笑へと置き換えられる。民族性のちがいなのかといえば、そうでもなく、カーニバル的小説は時代を溯ればフランスには言わずと知れたラブレーの伝統があり、下ればJ・アーヴィングあたりに強く引き継がれている(アーヴィング当人はディッケンズの継承者を頑なに主張しているのだけれど)。

『カラマーゾフの兄弟』は未完の小説である。作者本人が作品巻頭で「これは作品の前半に過ぎず、後半は彼らの十三年後の物語になる」と宣言しているのだから、そうなのだろう。だが、ドストエフスキーは『カラマーゾフの兄弟』(前半)を書き上げたわずか八十日後に世を去った。『カラマーゾフの兄弟』に後半は存在しない。未完の小説だ。

しかし、この作品にいったいどんな後半を想像できるだろうか?

以下は作者に大変失礼な言い方であり、さらに同業者としては許しがたい発言になることを承知で言えば、サモトラケのニケやミロのヴィーナスが欠損ゆえにある種の完璧な美を備えたのと同じように、『カラマーゾフの兄弟』もまた書かれなかった後半ゆえに一種の完全性を得た。

聖史劇は完結せず、未来に向かって常に開かれている。

『カラマーゾフの兄弟』は現在の、また未来の読者に様々な読み方をされ、そのたびに甦るだろう。

羨ましいかぎりである。


(『カラマーゾフの兄弟』原卓也訳、新潮文庫他)

『細雪』谷崎潤一郎

大学を出た後しばらく大阪・中之島にある会社に勤めていた。最初の給料で買ったのが『谷崎潤一郎全集』（箱入り豪華装丁版。古本。欠本有り）で、熱心な谷崎読者ではなかったはずなので、なぜそんな買い物をすることになったのか自分でもよく思い出せないのだが、入社した会社の寮が阪神・打出《うちで》にあり、谷崎と松子夫人が住んでいた家を近所で見つけたのがきっかけだった、ような気もする。

いずれにせよ「折角買ったのだから」と、会社から帰ると毎日せっせと読んだ。休日も読み、二カ月ほどで読み終えた。それで大の谷崎ファンになったかといえばそうでもなく、今回『細雪』を取り上げるべく本棚を探したところ、あの時の全集はとっくに見当たらなくて、その後東京に移り住み、転職・転居を繰り返すあいだにどこかで処分したらしい。

初読は高校生の頃。この時は正直いって〝読んだだけ〟で「B足らん」や「いとさん」「こいさん」なる言葉と「平安神宮の枝垂《しだれ》桜が美しい」といった知識を得た記憶しかない。二度目が先に述べた全集読みで、今回三度目。二十八年ぶりに読み返した『細雪』は、しかし、こんなに面白かったのかと呆れるくらい面白かった。この「面白い」は単に「興味深い」ばかりではなく「愉快」「滑稽」「ユーモラス」の意味でもあって、途中で何度もふき出しながら読んだ。以前は小説を読んで大笑いすることがよくあり、例えばナボコフの『ロリータ』を読みながら腹を抱えて笑っているところを家人が見て胡散臭《うさんくさ》そうな目で眺めていたが（いや、だって爆笑小説でしょう！）、最近はめったに読んでいて笑える小説に出会えず、つまらない思いをしていたので、久しぶりの幸せな読書体験だった。

作品概要を以下に――と言っても、筋らしい筋があるわけではない。

蒔岡《まきおか》家の美しい四姉妹（三姉妹にあらず）、とりわけ三女・雪子の見合い話を縦糸に、昭和初期の阪神間の上流家庭の世相を横糸に用いて織り上げたタペストリー的風俗小説だ。「風俗小説」を辞書でひくと「その時代の世相や風俗を表面的、現象的に描く小説」に続いて「文壇では一段低いジャンルと見なされていた」とあるが、小説の評価は畢竟《ひっきょう》「面白い」か「つまらない」かであって、『細雪』は断然面白い。

ハルキ・ムラカミ登場以前、タニザキは世界でもっともよく知られた日本人作家の名前だった。たぶん、タニザキ、カワバタ、ミシマの順だ。タニザキの名前は知らなくても、彼の代表作『ザ・マキオカ・シスターズ』(原題の『ササメユキ』は欧米人には発音困難らしく、もっぱら『マキオカ・シスターズ』として、知られている)の大ファンだという外国人読書家は数多く存在する。特殊《ガラパゴス》と称される日本の小説の中で、なぜ『細雪』だけが世界中に多くのファンをもつ作品となったのか?

日本国内では『細雪』はしばしば「失われゆく日本の伝統的な美を描いた作品」「日本人の曖昧な美意識を一幅の屏風絵、一巻の絵巻物の如く描き上げた」「絢爛《けんらん》たる豪華さ」「嫋々《じょうじょう》たる雰囲気」などと評され、『谷崎源氏』と崇《あが》め奉《たてまつ》る者も少なくない。

だが、本当にそうだろうか? 『細雪《ささめゆき》』などといいかにもな、純和風のタイトルにみんな騙されてはいないか?

今回読み返して感じたのは、作品の横糸となる物語《ストーリー》の意外なほどの起伏の激しさだ。破産あり、洪水あり(多数の死者を出した神戸大水害。姉妹の一人も危うく死にかける)、ドイツ人一家やロシア人一家との交流、上京時の嵐、赤痢、婚外子の出産、はては医療過誤による壮絶死の場面まであって実に盛りだくさん。「嫋々たる雰囲気」どころか波瀾万丈、ドラマチックと呼ぶべき展開だ。尤もそれを言えば、本家『源氏物語』だって波瀾万丈、ドラマチックな展開だが、海外で『源氏物語』は、題名こそ広く知られていても、実際に「読んだ」「作品のファンだ」という者はさほど多くない。日本の読者と大体同じようなものだ。

この違いは何に由来するのか？

内容の問題ではないのかもしれない。

『細雪』の文章構造は——谷崎本人の表現を借りれば——〝バタくさい〟。川端康成の『雪国』のごとき日本語特有の繊細、と言えば聞こえは良いが、曖昧模糊、思わせぶりな、主語述語不明を売りにする特殊な文体ではなく(それはそれで大したものだと思うが)、極めて明晰・的確な文章で書かれていて、イギリスの幾つかの小説、ことにE・M・フォースター『ハワーズ・エンド』あたりを彷彿とさせる。村上春樹の『風の歌を聴け』を読んでカート・ヴォネガットの小説を想起するような感じだ。

『陰翳礼讃』で陰翳を礼讃した谷崎自身が設計した家屋は、外光を最大限取り入れる工夫がなされた光溢れる明るい間取りだった——とは有名な話だ。同じく「懶惰《らんだ》の説」を説き、西洋的な勤勉さに対比させて東洋的な懶惰の徳《なまけもの》をことさら持ち上げた谷崎は、一方で「自分は大変勤勉な勉強家」と告白している。常にものに追われるように知識を漁り、最晩年まで英仏の最新の小説を取り寄せて研究していたという谷崎の文章は、同時代の日本人作家の中では——例えば佐藤春夫などと比べれば明らかだが——飛び抜けて理知的だ。曖昧さを排し、目の前の対象を正確に捉えて描写するその筆さばきは、ある意味〝非日本語的〟とさえ言える。

非日本語的。

日本語が持つ特殊性を排した翻訳しやすい文体ということだ。

『細雪』が様々な外国語に翻訳され、海外に多くのファンを持つ最大の理由は、翻訳しやすい文章構造にあった。『細雪』は、谷崎の非日本語的な文体が最もよく活《い》かされた作品である。

以上、証明終わり。

何かご質問は？

そう、もちろん関西弁の問題がある。

東京で生まれ育った谷崎は、関西に移住して上方《かみがた》に残された日本の美を見出した。平安以来、綿々と受け継がれてきた日本人の美意識と日本女性の美しさに目が覚める思いだった。だから彼は関西弁を習得し、関西弁で小説を書いた、と言われる。

年譜によれば、谷崎潤一郎が関西に移住したのは大正十二年（一九二三）。関東大震災がきっかけだ。時に谷崎三十七歳。東京生まれ、東京育ち。京都に遊ぶことはあっても、江戸っ子の谷崎にとって関西弁は外国語に等しかったはずだ。

実際、関西移住後日を経ずして書かれた作品、『卍』等における関西弁は正直いって違和感がある。関西弁にかぎらず一般的に方言を使う場合、ボキャブラリーに頼ると妙な具合になるのであって、関西ではよく「ちゃんと喋れ」と言われる。言葉（方言）とは、つまるところ人と人との距離感を規定するものだ。関東に比べて関西の方が距離が近く、ために潤滑油としての「笑い」が不可欠となる。また、関西弁でも大阪と京都と神戸では微妙に距離の取り方が異なり、作品内で主に使われているのは蒔岡本家がある大阪・船場言葉ではなく（山崎豊子の『ぼんち』が船場言葉）、次女・幸子の家を中心とした阪神間・芦屋言葉である。このあたりの微妙なニュアンスが『細雪』では見事に使い分けられている。登場人物間には言葉に応じた距離感が正確に保たれ、潤滑油としての「笑い」の要素も過不足なく取り入れられている。〝読んで笑える〟所以《ゆえん》である。

で、さすがは谷崎、となるかといえば、そんなわけはないのであって、『細雪』が書かれたのは彼が関西に移住して二十年後。苟《いやしく》も小説家、言葉のプロだ。しかも業界随一と評される勉強家。『細雪』における谷崎の関西弁を褒めるのは、ドナルド・キーン氏に「日本語がお上手ですね」「こんな難しい漢字がよく読めますね」と言うくらい、滑稽で馬鹿馬鹿しい（そういえば、ロンドン留学中の漱石にも「トンネルという単語を知っているか」と現地の人に尋ねられて憤慨するエピソードがある)。

『細雪』は谷崎自身にとっても特別な作品である。『細雪』発表以前、谷崎は一部の読書人・好事家に熱狂的なファンを持ちつつも、批判者も多い、いわゆる「読者を選ぶ作家」だった。初期の作品は発表当時は「悪魔主義的」等と称され、いま読むとなるほど〝いかにも〟な感じが鼻につく。尤も谷崎自身は「職業作家たるもの売り絵(読者に阿《おもね》る作品)の一つや二つ、腹を括《くく》って書けなくてどうする」とどこかで嘯《うそぶ》いていたはずなので、どぎつい作風は世に打って出るための戦略だったのだろう。新人作家が世に出るためにはまだ誰も試みていない作品を書き、かつそのことを声高に主張する必要がある。後の〝文豪〟谷崎潤一郎もかつては無名の新人作家だった、という事実はえてして忘れられがちである。小説家は何も書きたい作品を書いているわけではない。ことに新人作家にとってはそうだ。読まれない小説は紙くず以外の何物でもない。

新人作家・谷崎潤一郎の戦略は見事に成功した。彼は文壇に華々しくデビューする。言い換えれば、当時の世の人々が悪魔主義的な作品、どぎつい作風を欲していたということだ。だが、この戦略は一方で読者を限定する危険を孕《はら》んでいる。『細雪』なかりせば(という仮定はもちろん無意味だが）、日本国内はともかく、世界における後世の評価は――『猫と庄造と二人のおんな』といった小体なコント風の佳品はあるものの――一時の流行作家、色物小説家扱いだった可能性もなくはない。

それまでマニア好みの作家だった谷崎潤一郎の名は、『細雪』によって世間全般、さらには全世界の読者に広く認められるようになった。

毎日出版文化賞、朝日文化賞、文化勲章、全米芸術院名誉会員、その他、あれこれ。すべて『細雪』が谷崎にもたらした〝栄誉〟だ。

真に驚嘆すべきはしかし、その後の彼の進化・変容であろう。谷崎は七十歳でフレンチ・ミステリー風の趣向を取り入れた『鍵』を、七十五歳でグロテスクなユーモア小説『瘋癲老人日記』を発表する。どちらも新たな作風で勝負を挑んだ野心作だ。『鍵』は国会で取り上げられ、「これはポルノではないか」と議論になったくらいである。『細雪』で得た己の評価を打ち壊すことなどへとも思っていない態度こそ、さすがは「大谷崎」と評すべきで、これは大《だい》谷崎ではなく大谷《おお》崎と読む。三島由紀夫のネーミングとの説があり、若干揶揄の気配がないでもないが、英語では〝グレート〟。王冠つきの作家名など日本では他に見たことがない。

ここまで来れば何をやっても評価がついてくる。

『瘋癲老人日記』で毎日芸術大賞受賞。

文学賞とはおかしなもので、小説などというものは本来一人で読んで一人で面白がっていれば良いのであって、好い歳をした大人たちが大勢集まり、大まじめな顔で『瘋癲老人日記』をことごとしく持ち上げている様は、文学的にはともかく、内容はまさに「瘋癲老人《ぼけジジイ》」の「日記《たわごと》」なのだから、外から見るとかなり滑稽だ。芥川は「軍人は小児と似ている」と書いたが、授賞式場での小説家にも案外そんなところがある。

戦時中、『細雪』は軍部の検閲によって掲載禁止処分を受けた。にもかかわらず、谷崎は『細雪』を書き続け、敗戦後に発表した。これをもって「谷崎は戦争ごときに影響を受けることなく己が信じる美を書き続けた。小説家たるもの、こうでなくてはならない」と、あたかも鬼の首でも取ったかのように主張する同業者・編集者・文芸評論家が戦後数多く存在したし、最近また増えてきている感じだが、検閲や掲載禁止処分が谷崎に影響を及ぼさなかったわけではない。

社会情勢に全く影響を受けずに作品を書くことは何人《なんぴと》と雖《いえど》も不可能だ。世の人々(=読者)がこぞって殺し、殺されている情況に歪《ゆが》まぬ表現者などいるはずがない。永井荷風に対してもそうだが、世間は小説家を買いかぶり過ぎている。

もちろん、こう言うことはできる。『細雪』が軍部の締めつけが厳しくない時代に谷崎の構想どおりに書かれていたならば、作品は現在の形よりずっとエロ・グロ色を帯び、〝いかにも〟な色物小説になっていたかもしれない。『細雪』が現在のような格調高い作品となったのは軍部による発禁処分のおかげだった。作品にとってはむしろ良い影響だった――。

それでも影響は影響だ。どんな影響を受けるかは結果論、文芸業界全体を見渡せば残念な結果となったことの方がはるかに多かったはずである。

そもそも谷崎が発禁処分を受けたのは『細雪』が初めてではない。デビュー初期の頃はむしろ、発禁処分を売りにしていたようなところがある。いまで言う炎上商法だ。『細雪』執筆当時すでに流行作家の地位を得ていた谷崎には、発禁処分を受けても作品を発表するあてがあった。だからこそ彼は書き続けられたのであって、発表のあてのない新人作家の頃ならば書き続けられたかどうか怪しいものだ。

谷崎は『細雪』が掲載禁止処分を受けても、軍部に対して文句ひとつ言っていない。いわば消極的な態度で社会に背を向けたのであって、その事実を無視して、あたかも積極的に社会に背を向けて小説を書き続けたように主張するのは、虎の威を借る狐の譬《たと》えそのままで面白くもなんともない。

百歩、二百歩、あるいは千歩譲って、小説家にはたとえ何があろうと社会に背を向けて己の信じる作品を書いていくという立場もある。たぶん、あるだろう。但《ただ》しそれには「自分には『細雪』に匹敵する作品が書ける」という自負と覚悟が必要だと思う。

（『細雪』新潮文庫他）

『紙屋町さくらホテル』 井上ひさし

「象は忘れない」という諺が英語にはあって、象たちは自分や仲間の身に起きたことを決して忘れないことから「すばらしく記憶力が良い」、あるいは「執念深い」といった意味で使われている。言い換えれば、象たちに比べて人間はあまりに忘れっぽい生き物だということだ。ことに日本ではその傾向がますますひどくなってきている気がする。

日本に原子爆弾が投下されたのはいまから七十三年前。長寿の象どころか、昨今の日本人の平均寿命にも満たない時間だ。たったそれだけの間に日本人は〝自分や仲間に起きたこと〟を忘れてしまったのだろうか？

七十三年前のあの日、ヒロシマとナガサキでは頭上五百メートルに現れた六千度の火の玉が、戦闘員ではない一般市民を女こどもの見境なく焼き殺した。

音速を超える凄まじい爆風が人々を吹き飛ばし、街は一瞬で瓦礫の山となった。砕けたガラス片が嵐となって人々を襲い、彼らの皮膚に容赦なく突き刺さった。至るところで火災が発生し、街は焼き尽くされた。夜になっても火災は収まらず、全身に火傷を負い、水を求める人々が幽鬼のようにさまよい歩いた。

奇跡的に生き残った人たち、あるいは救護に駆けつけた人たちまでが、急性放射線障害で次々に命を落とした。

放射能による様々な障害は時限爆弾のように人々の体内に潜み、何年も後に突然癌や白血病となって発症して、多くの命を奪った。

そんなことを全部、この国の人たちは本当にもう忘れてしまったのだろうか？

二〇一七年、日本は核兵器禁止条約に不参加を表明した。また、昨今政治家や一部マスコミで「日本核武装論」が平気で語られている様を目にし、耳にするたびに、自分の目が、耳が、信じられない気がする。

井上ひさしの『紙屋町さくらホテル』はヒロシマを扱った作品だ。初演は一九九七年。新国立劇場の開場記念公演として上演された。本作を観たときの衝撃は今も忘れられない。その後再演を観て、このたび脚本で読み返した。都合三度目だ。

作中で原爆は直接描かれない。舞台は原爆投下三カ月前と四カ月後、昭和二十年五月十五日から二日後の十七日までの広島市内紙屋町さくらホテルでの出来事を中心に、同年十二月十九日の巣鴨拘置所でのやり取りがプロローグとエピローグのように挟み込まれる。冒頭近く、

針生《はりゅう》　昭和二十年五月、大日本帝国存亡の危機に、二人そろって白粉《おしろい》塗って……。わたしたちは役者をやっていたんですよ。

長谷川《はせがわ》　俳優、だよ。

針生　それも新劇の、ですよ。

長谷川　……たのしかった。

針生　それはたしかに。

敗戦後の巣鴨拘置所での男たちのやり取りの場面に主題歌『すみれの花咲く頃』のコーラスが重なり、時間は七カ月前、原爆投下以前の広島に切り替わる。

昭和二十年五月十五日、紙屋町さくらホテルでは「傷痍軍人と産業戦士のための慰問の夕

べ」の舞台稽古が行われていた。そこに針生、長谷川の男二人が訪れる。成り行き上、二人は『無法松の一生』の舞台稽古に付き合わされるはめになる。

いわゆる劇中劇物で、俳優はほぼ全員が舞台上で二重の役を演じるのだが、本作品ではさらに、針生と長谷川の二人は別の任務で本来の身分を隠している設定だ。例えば訪問者の一人、長谷川は腹痛の妙薬反魂丹《はんごんたん》の売人として紙屋町さくらホテルを訪れるが、実は天皇の密命を帯びて地方を視察している海軍大将であり、その彼が『無法松の一生』では「車引き寅吉」を演じることになる。初演では長谷川役を名優・大滝秀治が演じていたが、俳優・大滝秀治↓海軍大将・長谷川↓妙薬反魂丹の売人↓車引き寅吉という文章で書くと一瞬戸惑うほどの複雑な入れ子構造となっていて、それが舞台を観るさいの面白さにつながっている。

この設定を他のメディア、例えば小説でうまく使うのはかなりの難事である。なるほど舞台ならではの設定だ——と感心していたので、今回脚本を読み返して驚いた。脚本で読んでも複雑な入れ子構造のおかしみが充分楽しめる。二十年近く小説でメシを食ってきた者として断言するが、これは普通のことではない。

脚本の完成形は舞台での上演である。かつて、あるシェイクスピア俳優は「ＹＥＳ」というたった一つの単語の抑揚、高低次第で三十何通りの心理を表現して見せると豪語した。一方で

B・ショーは「ワーグナーの楽劇を楽しむ一番の方法は、寝っ転がって両目をつぶってあの音楽を聴き、頭の中で理想の上演を想像することだ」と嘯《うそぶ》いたそうだ。舞台の出来ばえは演出家や役者の力量、はては時の観客によっても左右される。

劇場に観にいけば圧倒される舞台でありながら、脚本で読むといまいちピンとこないという劇作家も中にはいて、舞台が完成形である以上それはそれで正しい態度なのかもしれないが、井上ひさしの脚本は読んでも面白い。「そう思うのは舞台を二度観ているからだろう」と言われるだろうと思い、舞台未見の脚本をいくつか読んでみたが、やはり印象は変わらなかった。舞台を観ていない作品でも、脚本を読めば頭の中に世界が立ち上がる。役者たちの声が聞こえてくる。特殊な才能というべきだろう。

『紙屋町さくらホテル』を観るまで、私にとって著者は人形劇『ひょっこりひょうたん島』の台本執筆者であり(物心ついた頃には放送は終了。既に過去の名作だった)、小説『手鎖心中』や『吉里吉里人』の作者、その頃にはさまざまな文学賞で選考委員も務めていて、はっきりいえば「上がった人」の印象が強かった。

功成り名を遂げた小説家・劇作家は、しばしば既得の読者・観客を取り込みにかかる。特定の読者・観客だけに通用する言葉で語りはじめる。だが、『紙屋町さくらホテル』で用いられているのは「どんな人にも観てもらおう、聞いてもらおう、楽しんでもらおう」という、世界に向かって開かれた言葉だ。

〝むずかしいことをやさしく、やさしいことをふかく、ふかいことをゆかいに、ゆかいなことをまじめに〟

とは創作に関する著者の有名な宣言だが、その言葉どおり、ヒロシマを扱いながら、あるいはヒロシマを扱うからこそ、『紙屋町さくらホテル』には歌と笑いと優しさ、そして明るい光があふれている。

戦後、日本の表現者にとってヒロシマ・ナガサキは避けて通ることのできない問題だった。峠三吉は「にんげんをかえせ」に始まる一連の悲痛な詩を書き遺し、丸木夫妻は原爆投下直後の地獄を「原爆の図」に描きとどめた。中沢啓治の漫画『はだしのゲン』は子供たちにもわかる形でヒロシマの惨状を可視化し、小説では原民喜の『夏の花』や井伏鱒二『黒い雨』などが有名だ。映画や演劇でも数多くの作品が作られている。表現者たちはさまざまな形でヒロシマ・ナガサキと取り組んできた。

プロの表現者ばかりではない。何よりヒロシマ・ナガサキで被爆した一般の人たち自身による膨大な言葉が遺《のこ》された。あれはいったい何だったのか？　その疑問に、彼らは懸命に答えようとしたのだ。井上ひさしは被爆者が遺した膨大なことばの記録を丹念に読み込んだ。被爆した小学生のことば（げんしばくだんがおちると／ひるがよるになって／人はおばけになる）に目をとおし、咀嚼し、彼らがそこで見たものを見、感じたものを感じようとした。

想像力をもつ者にとっては、一語一語に手足に釘を打たれ、胸を引き裂かれるような体験だったはずだ。そうして書き上げられたのが『紙屋町さくらホテル』はじめ『父と暮せば』『少年口伝隊一九四五』といった作品だ。

井上ひさしはこんなことを言っている。

「ヒロシマに原爆が投下されたあの日、自分は夏祭りの準備をしていた。同じ年頃の子供や、もっと年下の赤ん坊や、その赤ん坊を抱いた母親が一万二千度の火球で焼かれ、ガラスの破片で針ネズミにされ、火傷した皮膚がずる剝けになってお化けのような姿でさまよい歩いていた時に、自分は祭りの準備に浮かれていた。自分がヒロシマ・ナガサキを書くのは、あの日への贖罪なのだ」

論理としては無茶苦茶だ。東北に住んでいた廈《ひさし》（本名）少年がヒロシマ・ナガサキの日に夏祭りの準備に浮かれていたからといって罪の意識に苛《さいな》まれるのは、どう考えても理屈に合わない。だからこれは表現者の覚悟としての言葉であって、逆に言えばそのくらい無茶苦茶な覚悟がなければできない仕事だったということだ。

『紙屋町さくらホテル』に限らず「昭和庶民伝シリーズ」でもそうだが、井上ひさしが描くのはフツーの人たちだ。フツーの人たちへの信頼が謳われ、ピアノ伴奏による可憐な歌と笑い、出てくるのは善人ばかりだ。舞台を観ていると「この人たちが悪人のはずはない。この人たちが悪いことをするはずがない」という気分になる。だが、それならヒロシマ・ナガサキの地獄はどこから来たのか？　東京大空襲の悲劇は？　満州引揚《ひきあ》げ時の、沖縄地上戦の惨禍《さんか》はなぜもたらされたか？

地震や津波といった天災の話をしているのではない。ヒロシマもナガサキも東京大空襲も満州引揚げも沖縄地上戦の悲劇も、すべて戦争の結果である。戦争は人間が始め、人間が終わらせるものだ。誰かが間違ったから悲惨な情況が生まれた。非戦闘員の女こどもが見境なく殺される地獄が、この地上に顕現した。

誰が間違ったのか？　一部の政治家と軍部が悪かった？　彼らに騙されたから日本はひどいことになったのか？

そんなことは有り得ない。

日本の庶民はあの戦争を支持したのだ。戦争は儲かる商売だと思ったから。戦争に勝てば賠償金が入ってくる、韓国を併合し、満州を植民地にすれば金回りが良くなる、そう思ったからこそ、彼らは国家に徴兵されて戦地に赴く若い人たちを旗を振って激励したのだ。「お国の為に死んでこい」そう言って送り出した。死ぬのは兵隊だけだと思っていたから。自分たちは安全だと思っていたから。気づいた時には(金も人命も)コストがかかりすぎていた。引き返すとなれば誰かが責任を取らなければならない。だから戦争を終わらせることができなかった。誰も責任を取りたくないから。

『夢の裂け目』の中で著者は登場人物たちにこう歌わせている。

あたしらはみんな／豆腐が好きで／鰹節かけてくう　フツー人／／刺身が好きで／ワサビ醬油でいただく　ただの人／／政治のことなどはわからない／その日が楽しけりゃそれでいい

井上ひさしはしばしば楽観論者、理想主義者と批判される。だが彼は晩年「九十パーセント、否、九十九パーセントはダメなことばかりでしょう。それでも自分は一パーセントの希望を信じて芝居を書きたい」と語っている。九十九パーセントはダメと言う者を楽観論者、理想主義者とは言わない。九十九パーセント絶望しながら、それでも一パーセントの希望を信じて芝居を書くのは、言葉にすれば簡単だが実際にはできることではなく、ただ「芝居(物語)で世界を変えられる」と信じている者だけがなしうるシジフォス的な苦行だ。

三・一一後、「現実の前に小説(物語)など無意味だ」という言説が流行した。小説(物語)にできるのはせいぜい辛い現実から目を逸らすことだけ、現実逃避のための手段だと言われたし、小説家や表現者の中にも同じように語る者がいた。

『紙屋町さくらホテル』はヒロシマと向き合いながら「無意味」でも「現実逃避」でもない。目の前の現実に向き合い、引き受ける覚悟がないなら――言葉で世界を変えられると信じていないのなら――物語(小説)など書かない方がましだ。世界にむかって開かれた言葉で物語を頑《かたく》なに紡《つむ》ぎ続けること。それが表現者の仕事だと『紙屋町さくらホテル』は告げている。

フクシマで原発が爆発してわずか七年。故郷を追われ、共同体を破壊された人々が、見知らぬ土地での生活を余儀なくされている。先日新聞記事を読んで驚いたことに、国や県や復興大臣までが彼らに帰れと命じ、従わない場合は訴訟を起こすと脅しているらしい。

壁に穴が開いた原発に規制委員会が合格を出し、その結果を踏まえて全国で原発再稼働の手続きが進められている。おそらく、引き返すにはコストがかかりすぎているのだ。引き返すとなれば誰かが責任を取らなければならない。だから原発を終わらせることができないでいる。誰も責任を取りたくないから。

今日の歴史学において重要なのは「許す。だが、忘れない」態度だと言われる。だが、かつてヒロシマ・ナガサキで起きたこと、あるいはフクシマでいまこの瞬間に起きていることを知れば知るほど、許すことなど本当にできるのかという気がしてくる。原爆を投下した当事国がいまなお国家として原爆投下の正当性を主張し、原発を国策として進めてきた日本政府がフクシマ原発事故の避難者を訴えると脅している情況で「許す」ことに意味があるのかとさえ思う。

アウシュヴィッツ＝ビルケナウ博物館の入り口にはこう書かれている。

――過去を忘れる者は、きっと過ちを繰り返す。

忘れぬために私たちができることは、現実と向き合い、何度でも物語ることだけだ。

（『紙屋町さくらホテル』小学館）

『夜間飛行』サン＝テグジュペリ

『夜間飛行』は高校生の頃に二度読んだ。十五か、十六か、十七の頃だ。初読は題名に魅《ひ》かれて手に取った。どこかロマンを感じさせる、それでいて物欲しげなところのない良いタイトルだ。再読は眉を寄せて読んだ。二度読む本は今も昔も多くはないので、何かしら魅かれるものがあったのだろう。だが、二度読んでも「読み切れた」という気がしなかった。「自分はこの作品をちゃんと読めていない」というもどかしさが残った——。

今回は三十数年ぶりに『夜間飛行』を読み返します。

ページを開くと、こう始まる。

夕暮れの黄金の光の中で、飛行機の下に連なる丘にはすでに長い陰影が彫り込まれていた。

平野は光に満たされ始めていた。冬が過ぎても名残の雪が消え残っているように、この国では見渡す限りの平原に黄昏《たそがれ》の金色の光がいつまでも残っている。……

飛行機の黎明期、南米を舞台に夜間郵便飛行の航路開拓に命懸けで挑む男たちの物語で、高校生の頃に二度読めば内容は大抵覚えている。そうそうこんな話だった、と読み進め、次の一文に出くわして思わず苦笑した。

わたし(リヴィエール)は五十になる。五十年間必死で生きて、自分を鍛え、戦った。新しい道を拓《ひら》いてきた。ところがここへ来て、わたしをわしづかみにするものがこれだ。この世の威力を思い知らせるものがこんな(右脇腹の)痛みなのだ……ばからしいじゃないか。

高校生の頃はもっぱら、命懸けの冒険にクールに立ち向かう若きパイロット(ファビアン、ペルラン他、無名の若者たち)に共感と憧れをもって読んだ覚えがある。いつのまにか彼らの年齢をはるか通り過ぎ、航空会社を経営するリヴィエールの側から世界を観る立場になっていたらしい。

(リヴィエールは)孤独を感じたが、その孤独の豊饒さを悟ってもいた。

こう書いたとき、作者サン＝テグジュペリは三十歳。リヴィエールの孤独を本当に理解していたのか、と思う。

もっとも、歳をとったおかげでわかるようになったこともある。

例えば、高校生の頃の自分がこの作品を読み切れなかった理由もその一つだ。

作品全体を通しての主人公がはっきりしない。一応ファビアンとリヴィエールの二人を軸に物語が展開するが、どちらもこの作品の主人公でないことは明らかだ。また、時系列が時々入れ替わる。そのため、どの登場人物に感情移入しながら読み進めばよいのかわからない――といったことは高校生の頃にメモした覚えがあるので、問題はその先。

以前は気づかなかったが、かなり特殊な文体だ。繊細で複雑な浮き彫り《レリーフ》彫刻を表面に施した大理石の建築物、堅牢さと人を拒む冷ややかさを兼ね備えた古代の壮麗な建物を思わせる。生《あい》憎《にく》原書で味わうほどの語学力は持ち合わせていないので、いくつかの日本語訳を読み比べ、あとは辞書をひきひきオリジナルの文体の手触りを探るしかないのだが、大きくは間違っていないはずだ。

その上で、これまで読んできた本のリストから作品全体の印象の近いものを探せば、まっ先に思い浮かぶのは『イリアス』で、何が古代の叙事詩と似ているかといえば、一つは「事態そのものが主人公」という点であり、さらに「非人間的な世界観」が共通点として挙げられる。『夜間飛行』では(近代以降の)普通の意味での善意やヒューマニズムが通用しない。小説の中に性急に答えを求める青臭い高校生にはいささかハードルの高い作品だったということだ。

アントワーヌ・ド・サン＝テグジュペリ(通称〝サン＝テックス〟)は多才の人である。

黎明期の飛行機の優れたパイロット。彼は試作段階機のテストパイロットを好んでつとめ、夜間や濃霧の中、わずかな計器と勘だけを頼りに無視界着陸をやってのけた。数学的天分に恵まれ、飛行機開発者への技術的な助言に留まらず、相対性理論や波動力学にも深い理解を示して周囲の者たちを驚かせた。未来のジェット機に関する特許を取得し、興味深い数学の問題をいくつも考案している。

話術に長《た》け、カードマジックの名手。サン＝テックスにはその気になれば周囲の人々を一瞬で魅了する不思議な才能があった。彼の魅力は言語や人種の壁をも越え、当時しばしば非外交地域に飛行機が墜落・不時着してパイロットが遊牧民に人質に取られるという事件が発生していたが、彼はそのたびに現場に赴き、言葉も通じない現地の者たちと交渉して事件解決に尽力した。

魅力的なイラストの描き手でもある。『星の王子さま』の作中イラストは、すべて彼自身が描いたものだ。

文章家。彼が送った原稿を新聞掲載用に書き写していた女性が、そのあまりの美しさに泣き出したという伝説が残っている。実際、即物的でありながらロマンを感じさせる言葉選びのセンスは非凡。『夜間飛行』はその後香水の商品名となり、小説など読まない多くの人々をも魅了した。

いったいどんな人物だよ、と思う。

今回彼の写真をはじめて見て、色々な意味で予想を裏切られた。

ご存じない方のために一応説明すると、まず「熊のような」と評されるきわめて大柄な、がっしりとした体格に「初期の飛行機乗りは小柄で細身」というイメージを打ち砕かれる。英国のコメディアン、ローワン・アトキンソンに似たギョロリとした目と寸のつまった力強い容貌。額と頭頂部の禿げた丸い頭は、好感はもてるが『星の王子さま』の印象からはほど遠い――。

今気づいたのだが、私はどうやらA・ランボー風の顔を予想していたらしい。しばし混乱したものの、改めて眺めれば『夜間飛行』を書くとすれば、まさにこのような人物こそが相応しいのではないか、という気もしてくる。

勝手な思い込みイメージとの落差がユーモアだとすれば、皮肉は別なところにある。

一九三一年にサン＝テグジュペリが発表した『夜間飛行』は最初フランス読書人の間で概《おおむ》ね好評をもって迎えられた。仏文学界の大御所、A・ジッド絶賛の序文を得たことも影響したのだろう。ところが作品がフェミナ賞（男性作家中心のゴンクール賞に対抗して設立された文学賞。選考委員は女性のみ）を受賞したことで風向きが一変する。「飛行機乗りに小説が書けるはずがない」「こんなのは小説ではない」という激しいバッシングがわきおこった。ちなみに同世代のフランスの小説家、文学者をざっと眺めれば、コクトー、ブルトン、ラディゲ、コレット、モーリャックといったあたりで、なるほど彼らの作品の中におくと『夜間飛行』は確かに異質だ。彼らが書く狭義の意味での小説ではない、と言えなくもない。バッシングは執拗で、サン＝テックスはかなり閉口したらしい。思い出すのは『豆腐屋の四季』で読書人に温かく迎えられた松下竜一が社会的問題について文章を発表し始めると、同じ人たちが手の平を返したように彼を叩き始めたことで、本人のエッセイによれば「豆腐屋のくせに」「分をわきまえろ」とまで言われたらしい。文芸業界の閉塞性は、いつの時代、どこの国でも変わらない。

文芸業界は特殊な世界だ。他の職種、例えば将棋やチェス、スポーツなどの勝負事、あるいは職人の世界もそうだが、普通はアマチュアがプロに勝つことは有り得ない。『夜間飛行』はサン＝テグジュペリ二作目の小説である。デビュー二戦目のプロボクサーが世界戦を戦うことは考えられないが、小説ではアマチュアがプロに勝つ——新人が初めて書いた小説がベテラン作家の小説より面白い、逆にデビュー作の青春小説がその作家のすべて、といったことがしばしば起こる。小説というメディアの面白いところだ。これは小説がプロ対プロの戦いではなく、あくまで一般読者《アマチュア》の評価を基準としているからで、一般読者に受ければ勝ち。何でもありの世界だ。もっとも、ここで言う「勝ち」と「売れる」は別物であり、素人が書いた売れる本はいつの時代、どこの国でも世にあふれているが、複数の言語に翻訳され、時間の洗礼を受けてなお読み継がれる作品となると、そうそう現れるものではない。

小説は本来的に内向きのメディアである。放っておけばジャンルに細かく分かれ、箱庭的世界に閉じこもってゆく。行き着く先は、いかに美しくとも他者との関係性を前提としないオタクどもの身内受けの世界だ。だからこそ、時折、外の世界の人間が訪れて「小説とはこんなもの」という暗黙の了解を打ち破り、既製の概念を拡張してきた。マジックリアリズムや不条理小説、ＳＦ、ミステリーといったものだ。いったん受け入れられると、数多《あまた》のエピゴーネンを生み出し、やがて重力に引かれて内向きの世界に落ちていく。そしてまた外からの来訪者によって新たな扉が開かれる。その繰り返しだ。

小説を専門としないサン＝テグジュペリが書いた『夜間飛行』はジャンルの間口を広げる画期的な作品だった。だからこそ反発も大きかったのだろう。ちなみに『夜間飛行』はその後アメリカで映像化され、クラーク・ゲイブル出演の映画がフランスでも人気を博した。となれば、バッシングしていた連中は口を閉ざし、逆に褒《ほ》め称《たた》えはじめたというから、フランス人も案外他愛がない。

今回このエッセイを書くために調べて気づいたことがある。代表作といわれる『星の王子さま』(原題は『Le Petit Prince』。直訳すれば「小さな王子」。「星」も「さま」も入っていない。個人的には好感がもてるが「小さな王子」では日本では大ヒットしなかった気がする)は、彼の搭乗機が墜落し、砂漠を水なしで三日間さまよった際の死を前にした美しい幻想だ。〝小さな王子〟が語り手の幻想であることは冒頭の帽子のエピソードによって暗示されている。その事実を知って、小学生の頃、初めて『星の王子さま』を読んだ時に覚えた妙な違和感の正体に思い当たった。

『星の王子さま』の作者は目の前の読者(＝私)を相手にしていない。こっちを見ているようで見ていない。宮沢賢治の童話を読んでいても同じように感じることがあって、ときどき作者はどこか遠い場所を見ている、読者とはまるで異なる遠近感で物語を紡いでいる、そんな気になる。彼らが見ているのは、例えば〝銀河の果て〟であり、その世界では人が普通に生きていることは不可能——といったあたりが妙な違和感につながっているのだと思う。もっとも、気にならない人にはまったく気にならないようで、世の評価を考えればむしろ作品の〝隠し味〟になっているのだろう。

　サン＝テグジュペリは黎明期の飛行機に魅せられた人物だった。取り憑《つ》かれていた、といっても良い。二十三歳の時、彼は高度九十メートルから墜落して全身打撲の重傷を負っている。三十三歳でテスト飛行中に水没事故を起こして危うく溺死しかけた。翌年、メコン川に不時着。カイロ手前のサハラ砂漠に墜落し、三日間水なしで砂漠をさまよったあげく奇跡的に生還したのは三十五歳のときだ。三年後、南米グアテマラで離陸に失敗。機体は四散し、頭蓋骨及び四肢骨折の重傷を負った。その他小さな事故は数知れず。彼は何度も〝九死に一生〟を得ている。生きているのが不思議なくらいだ。同僚らが次々と墜落、遭難して世を去るなか、彼は飛行機事故や人質事件のたびに自ら危険な救助や交渉役を買って出た。

　第二次世界大戦末期の一九四四年、サン＝テックスは周囲の制止を振り切るように九度目の出撃に出て(規則では五回まで)、そのまま帰らぬ人となった。

何度事故を起こし、墜落して死にかけても、彼は最後まで空を飛ぶことをやめなかった。大勢の人々を魅了する才能豊かな人物であったサン＝テックスは、しかし同時に、身近な者たちからは、気難しくて怒りっぽい、付き合いの難しい陰気な人物と目されていた。極端な自己中心主義者。「まるで死にたがっているようだった」との証言もある。

だが、そうではあるまい。

サン＝テックスは冒険者だった。ここで言う冒険者とは、死と隣合わせの状況ではじめて生きていると感じる者たちのことだ。人格の二面性と典型的な躁鬱状態は、あくまでその結果だ。世界をより美しく感じるために、彼らは危険な冒険に嬉々として乗り出す。本人が内面で強く生を渇望すればするほど、周囲の者たちの目には彼らが死にたがっているとしか見えない状況が生まれる。そう言えば宮沢賢治にも似たところがあって、肺を病みながら石灰工場に就職し、重い石灰肥料をもって売り歩くなど、本人の目的はどうあれ、周囲の者には自殺願望者としか見えなかったはずだ。サン＝テックスの冒険は空にあり、宮沢賢治にとっての冒険は日常生活の中にあった。

彼ら冒険者たちにしかたどり着けない場所がある。そういう人間にしか、見ることのできない光景がある。

『夜間飛行』十六章で語られるのは、荒れ狂う嵐の雲の上に忽然と現れた不思議な世界だ。巨大な塔のごとき白く輝く雲の嶺《みね》。何もかもが光り輝く、澄み切った光あふれる場所。それまで誰も見たことがない、彼らのほか誰ひとり生きていない「美しすぎる世界」――。『夜間飛行』という作品もまた〝冒険者〟サン＝テグジュペリにしかたどり着けなかった場所の一つ、彼だけが拓くことのできた新しい世界である。

(『夜間飛行』二木麻里訳、光文社古典新訳文庫他)

追記

かつて『夜間飛行』といえば堀口大學訳が一般的であった。私が高校生の頃に(二度)読んだのも堀口大學の訳書だ。堀口大學は、言わずと知れた詩人・翻訳家の泰斗《たいと》であり、戦前戦後にわたってフランス文学を日本に紹介した最大の功労者である。ランボー、ヴァレリイ、ラディゲ、アポリネール、コクトー、毛色の変わったところでは「アルセーヌ・ルパン」シリーズも彼の翻訳で読んだので、考えてみればずいぶん世話になっている。フランスの詩や小説の面白さを教えてくれた恩人の一人といって過言ではない。その上であえていうのだが、堀口大學の『夜間飛行』の日本語訳は、いま読み返すと、何というか、どうもしっくりこない。間違ってはいないが(間違うわけがない)、野球のバッティングにたとえれば〝芯をくっていない〟感じだ。どんな強打者も来た球をすべてきれいに打ち返せるわけではない、ということか。

最近は色々と翻訳が出ているようなので、「昔読んだけれど、ピンとこなかった」という方は是非別の訳で読んでみて下さい。

『動物農場』ジョージ・オーウェル

『動物農場』を最初に読んだのは中学生のころで、そのときの感想は「へえ」だった。世の中には様々《さまざま》な「へえ」があって、TPOによって使い分け可能な便利な言葉の一つだが、この場合は多分に「だからどうした」の意味合いで、当たり前のことを当たり前に聞かされた気がした覚えがある。二度目は大学の教養の英語クラスの授業で読んだ。というか、読まされた。その前のテキストがワイルドの『サロメ』(悪名高い擬古文。ズィー《thee》ズィー《thee》とやたらうるさい)だったので、オーウェルの平明かつ簡潔な英語の文章はたいへん好感がもてた。

日本語で読んでも英語で読んでも、内容は変わらない。

人間に支配されていた農場の動物たちが、ある日人間を追放して自分たちだけの動物農場《アニマル・ファーム》を作り上げる。「すべての動物の平等」を理想に掲げて生まれた動物農場は、しかし**ぶた**が他の動物を支配する体制へと変化してゆく。**ぶた**たちのあいだで醜い権力闘争が行われ、反逆者と目された動物たちが次々に粛清される。権力を独占した**ぶた**は近隣の人間どもと会合を開き、農場経営(動物支配)の取り決めを交わす。その様子を眺める動物たちの目には、もはや人間と**ぶた**との区別がつかない――。

というもので、「おとぎばなし《フェアリー・テール》」の副題どおり、イソップ以来の典型的な「動物寓話」だ。

私が中学から大学生だった一九八〇年代、『動物農場』が当時のソ連(崩壊前)の体制を風刺・糾弾する作品であることは周知の事実であった。権力闘争を繰り広げる二匹の**ぶた**(スノーボールとナポレオン)がトロツキーとスターリンの似絵《にせえ》であることは、ある意味常識だった。『動物農場』はソヴィエトの全体主義、ことにスターリン体制の真実を暴く作品として西側諸国(懐かしい言葉だ)で広く読まれ、一般家庭でも『家庭の医学』の横に並んで〝一家に一冊〟といった感じで常備されていた。

簡潔平明な英語には好感がもてるものの、中学生が初読の際に「当たり前……」と思うくらいだ、大学に来てまでわざわざ読む内容でもあるまい――と思っていたので、授業で作品の意外な背景を知って驚いた記憶がある。

いまではよく知られた話だが、『動物農場』は最初イギリスの四つの出版社で出版を拒否された。「内容が反ソ連的」という理由でだ。

オーウェルが本作を書き上げた一九四四年当時、イギリスはソ連と同盟を結んでドイツと戦っていた。ために、ソ連を貶《おとし》める内容の出版は忌避《きひ》されたのだという。ところがその後、国際情勢が東西冷戦へとシフトする過程で『動物農場』は反ソ連・反共産主義の旗印として「聖書の次」といわれるほどの膨大な部数が刷られることになった。一九五〇年に四十六歳の若さで亡くなった作者オーウェルが最期まで「自分は社会主義者だ（注1）」と主張していた事実は周到に伏せられた――。

このエピソードには、作品そのもの以上に皮肉な教訓がいくつも含まれているように思う。思いつくまま掬《すく》い上げてみれば、

一、文芸作品の価値なんて社会情勢によっていくらでも左右される。
二、出版社は権力者に言われるまでもなく、勝手に自粛する。（注2）
三、時代に棹《さお》させば部数なんて思いのままだ。
四、出版社は作品を売るためなら、作者の意向など平気で無視する。
五、中学生が「当たり前」と思うことなど少しも当たり前ではない。

その他にも、出版を断った出版社の重役の一人にかのT・S・エリオットがいたそうなので、「偉大な詩人・評論家も出版社の重役になるようじゃおしまいだ」という意地悪な教訓(?)も引き出せるかもしれない。詳しく見ていけば、大小さまざまな教訓がいくらでも見つかりそうな気がするので、興味のある方は試してみてください。

九〇年代のソ連・東側諸国の崩壊を経て『動物農場』の反ソ・反共産主義的役割は失われ、そのせいか一時期ほど世の中で目にする機会がなくなったが、最近日本のニュースを目にするたびになぜか『動物農場』のタイトルが頭に浮かび、自分でも理由がわからずに首をかしげていた。このエッセイを書くにあたって読み返してはたと膝を打った。実際に叩いてはいないが「ああ、これか」と膝を打ったも同然の気分になった。

『動物農場』第二章。農場から人間を追い出した動物たちが「動物主義」の理想をまとめた七つの戒律を壁に大きく書く場面がある。

《七戒》

一、二本足で歩くものはすべて敵である。

二、四本足で歩くもの、あるいは羽根があるものはすべて友だちである。
三、動物は服を着るべからず。
四、動物はベッドで寝るべからず。
五、動物は酒を飲むべからず。
六、動物は他《ほか》の動物を殺すべからず。
七、すべての動物は平等である。

「動物たちはみんな大賛成してうなずきました」。

タールを塗った納屋の壁に白い文字で大きく書かれた輝く理想だ。理想を胸に動物たちは懸命に働き、戦い、そして死んでいく。

だが、**ぶた**が権力を独占し、他の動物たちを支配するようになると「七戒」はいつの間にかこう書き換えられている。

四、動物はベッドで寝るべからず、シーツを用いては(with sheets)。
五、動物は酒を飲むべからず、過度には(to excess)。

六、動物は他の動物を殺すべからず、理由なしには(without cause)。

わずか二つの英単語が加わることで、動物たちの理想であった戒律(禁止条項)は逆に醜い現実(独裁、搾取、階級社会、粛清《パージ》)を無制限に肯定する根拠となる。

動物たちは「なんだかへんだなあ」と思う。こんなはずじゃなかった、と疑問を投げかける。すると、**ぶた**の宣伝係スクィーラーが動物たちにこう答える。

同志諸君よ(中略)、そのような決議の記録がどこかに存在するのか? どこにそれが明記されているのか?

「動物たちは自分たちが思い違いをしていたのだということで満足しました」。

ぶたは**いぬ**の秘密警察を組織して反逆者をあぶり出し、あるいはつくり上げ、同時に外から敵が攻めてくるぞと脅すことで農場内の動物を厳しく管理する。

物語終章。動物たちが見上げる納屋の壁には、ただ一つの戒律しか残されていない。

すべての動物は平等である。しかし、ある動物はほかの動物よりもっと平等である。

「それからというもの、農場の作業を監督する**ぶた**が二本足で立ち、前足に鞭《むち》をもっていても、誰も不思議に思わなくなりました」。

……やれやれ。

最近ある種のニュースを目にするたびに『動物農場』のタイトルが頭に浮かんだ理由は判明したが、それで良かったかといえばビミョーな感じだ。かつて反ソ・反共産主義作品として広く流布していた『動物農場』は、いつのまにか他人事ではなくなっている。何だか作品内の動物の一匹（ガアガアとうるさいガチョウ辺り?）にでもなった気分である。

優れたデストピア小説は時代を超え、地域や社会の特殊性を超えた普遍性をもつ——。とは古来言い古されてきた格言で、「人間のやることなど大して変わりはない」と言ってしまえばそれまでだが、実際に我が身のこととなれば涼しい顔で頷いてばかりもいられない。

『動物農場』の作者ジョージ・オーウェルは一九〇三年生まれ。若いころは浮浪者に身をやつして都市を放浪したり、ビルマで警察官をしたり、スペイン内戦でフランコ政権と戦ったり（戦場でのどを撃たれて危うく死にかけた）しながら、徹底した市民感覚と平明な文章を身につけたジャーナリスト兼作家だ。不思議な読後感の「象を撃つ」などの短篇もあるが、代表作はなんといっても『動物農場』と『一九八四年』の二作であろう。ジャーナリスト兼作家だけあって、言わんとする内容はストレートに伝わってくる。オーウェルが繰り返し主張するのは「政治の堕落と言語の堕落は不可分に結びついている」という命題《テーゼ》だ。『動物農場』では「七戒」の改竄《かいざん》や**ぶた**の宣伝係スクィーラーの詭弁《きべん》(「どこに記録が?」)であり、『一九八四年』では「戦争は平和なり」「自由は隷従なり」「無知は力なり」といった〝二重思考《ダブルシンク》〟(と不可分に結び付いた思考体系)、さらには「過去を支配する者は未来を支配し、現在を支配する者は過去を支配する」という、昨今の歴史修正主義者がよだれを垂らして喜びそうな支配理論だ。(注3)

現実政治の堕落はともかく、政治言語の堕落については、小説家(=言葉でメシを食っている身)としてひとこと言っても良いだろう。

フクシマ後も原発を「重要なベースロード電源」と意味不明の言葉で定義づけ、「アベノミクスの成果」を「トリクルダウン」と言って恥じない政治言語は、堕落というか、腐っている。「したたり落ちる《トリクルダウン》のを待っていろ」? よく分からないが、なぜ国民の多くがこんな腐った言葉に鼻をつまみ、腐臭に顔を背けないのか不思議で仕方がない。かつて「貧乏人は麦飯を食え」と言って物議をかもした政治家がいたが、それどころではあるまい。こんな言葉が政治的に許されるのなら、ありかなしかでいえば、なんだってありだ。政治家の言葉が堕落しようが、腐っていようが、どうでも良いのか？　だからまともな小説が売れないのか、と厭味《いやみ》の一つも言いたくなるくらいである。

啓蒙主義を代表する哲学者ヴォルテールは「君の意見には反対だ。だが、君がその意見を表明する権利は死んでも守る」と宣言し、二〇世紀の作家ジョージ・オーウェルは政治的自由を「人の聞きたがらないことを言う権利」と定義づけた。政治とは――少なくとも民主政治とは本来、異なる立場の言葉に耳を傾ける行為だということだ。お追従《ついしょう》にのみ耳を傾け、聞きたくない言葉には耳をふさぐ。無視する。さらには恫喝して黙らせる。意見の異なる者とは対話を拒否し、会おうともせず、オトモダチ同士で耳ざわりの良い話題だけ語り合う。休みとなればゴルフばかりしているようでは言語センスの磨きようもあるまい。

政治の堕落は言語の堕落と不可分。

だとすれば、この国の政治はもはや取り返しようのないところまで堕落していることになる。

かつて反ソ・反共産主義の旗印として広く読まれた『動物農場』を、私たちはいま普遍的なデストピア小説――まさに自分たちの物語としてもう一度読み返すべき時期に来ているのかもしれない。

自分が『動物農場』の一員――。

正直うんざりするような事態だし、なんでこんなことになったのかイマイチ良くわからないところもあるのだが、残念ながらこれがわれわれの現実なのだ。目を逸らしても現実が消えてなくなるわけではない。

戒律は、いまやたった一つしかありませんでした……。

現実から目を逸らして次に待っているのは、より悲惨な現実である。

(注1)当時のイギリスでは反体制的左派。
(注2)オーウェル曰く「サーカスの犬は調教師が鞭をふるうと跳びはねる。しかし本当によく訓練された犬は鞭がなくても宙返りをする。これが我が国の出版業界が到達した状態である」。昨今の日本と、どこか違うところがあるだろうか?
(注3)『動物農場』では動物たちが過去を間違って覚えていたことに「気づく」場面が繰り返し描かれる。個人の記憶がいかに曖昧なのかは、例えば二〇世紀後半に書かれたミステリー

小説を読めばよくわかる。ミステリー業界ではひと頃「記憶」が読者をあっと言わせるドンデン返しの切り札であった。

個人の記憶はいともたやすく書き換えられる。記録が隠蔽・改竄され、権力者が強弁し続ければ、(注4)集団の記憶もまた容易に書き換えられるということだ。記憶の改竄は世界的な潮流であり、例の「アウシュビッツはなかった」にはじまり、アポロの月着陸から南京大虐殺、関東大震災時の自警団による朝鮮人虐殺に至るまで、さまざまな記憶改竄の動きが日々ネットにアップされて、いちいち追いかけるのが馬鹿馬鹿しいほどだ。そして、まさにこの馬鹿馬鹿しさこそが〝**ぶた**のスクィーラー〟の狙いであり、いつの間にかわれわれは自分たちが過去を間違って覚えていたと「気づく」ことになる。

(注4)彼は本当にそう信じているのだ。権力者は己に都合の悪い歴史事実を見ようとしない。自分自身が己の言葉に真っ先に騙されるのである。

(『動物農場』川端康雄訳、岩波文庫他)

『ろまん燈籠』太宰治

富士登らぬ馬鹿、二度登る馬鹿。

という俚諺《りげん》があるそうだが、同じことが太宰治にも言える。

この国の小説好きを自認する人で若い頃に太宰治の小説を一度も読んだことがないという人は少ないだろう。逆に、三十を過ぎて太宰を熱心に読んでいるという人の話もあまり聞かない。

作者の代表作は『人間失格』――と言われるが、この作品は読者を選ぶ。「これこそ自分が求めていた小説だ」「これぞ文学」と熱狂的に息巻く者がいる一方、「気味が悪い」「二度と読みたくない」と投げ出す者もいて、反応が真っ二つにわかれる。熱狂と拒絶。中間はない。見事なほどだ。ホラーやSF、ファンタジーといった入り口に看板を掲げたいわゆるジャンル小説ならともかく、もはや古典といわれる作品でこれほど好みがわかれる例は珍しい。そして、ここまで書いてくればもうお分かりだと思うが、私自身は十代のころに一読投げ出した口で、熱心に勧める友人の人格を本気で疑ったくらいである。五十を過ぎたいまとなっては『人間失格』などという物騒なタイトルの本は読み返す気にならないので、今回は「ろまん燈籠」を取り上げます。

作品冒頭で、作者はまず背景となる一家の様子を描き出す。

兄妹、五人あって、みんなロマンスが好きだった。

二十九歳の生真面目な長兄を筆頭に、長女、次男、次女、十八歳の末弟まで、それぞれのユニークな性格が、さらりとした筆でユーモラスに描きわけられる。家には他に祖父母と母親、あとはお手伝いさんがいる。有名な洋画家だった父は八年前に亡くなったという設定だ。

全部で六章。家族紹介に一章を費やした後、二章から五人の兄妹が共同で一つの「お話」を順番に書き継いでいく——というだけの小説で、事件らしい事件は起きず、派手な立ち回りもない。そもそも登場人物たちは家から一歩も外に出ない。

物語はもっぱら五兄妹が創作する「お話」の中で展開する。

「お話」の主人公は魔法使いの一人娘ラプンツェルと王子(名前はない)。誰もが良く知る童話の世界で、ここまでならたぶん高校生でも、あるいは中学生でも思いつきそうな話だ。叩き台は「アンデルセン童話からの剽窃《ひょうせつ》」と作中で明言されている。

観客の目の前にシンプルな材料を並べて、作者はおもむろに両手の指先をこすりあわせる。「さて」と小さく呟き、プロの小説家としての腕前を披露する。

最初に物語るのは、家族みんなから可愛がられている末弟だ。彼は「アンデルセン童話集、グリム物語、ホオムズの冒険などを読み漁った」あげく、こう書き始める。

むかし北の国の森の中に、おそろしい魔法使いの婆さんが住んでいました。

悪くない出だしだったが、彼は最後にとんでもないヘマをする。高い塔に閉じ込められていたラプンツェルを王子が助け出し、二人で無事お城にまで帰ってきてしまうのだ。「お城では二人を、大喜びで迎えました」。……これでは先が続かない。末弟は困り果て、結局「けれども、これから不仕合せが続きます」と書いて、次の長女に丸投げする。

長女は、二十六歳。いまだ嫁がず、鉄道省に通勤している。(中略)文学鑑賞は、本格的であった。

彼女がいかにして末弟が終わらせてしまった物語を書き継《つ》ぐか。また、そこから順に病弱で皮肉屋の次男、ナルシストのくせにおっちょこちょいの次女、さらには掉尾を飾る長兄の大演説(?)まで、太宰はそれぞれの兄妹の性格をうまくからめながら物語をきらきらと転がして、観客を飽きさせない。

まるでプロのマジシャンが、どこの家庭にでもあるありきたりの品をつかって、あっと驚く手品をやってみせる感じだ。帽子から鳩が飛び出し、観客の耳の後ろからコインが現れる。マジシャンが指のあいだで転がすと白いボールは赤いボールに変わり、黒いステッキをひと振りすると色とりどりの花束があらわれる。花束にはさっき厳重に鍵をかけて小箱にしまった手書きのカードが添えられている……。

観客は呆気にとられて眺めているだけだ。

文庫本で六十ページに満たない小品の中で、太宰は惜しげもなく次から次に手品を披露する。読者の想像を上手に裏切りながら、プロの小説家ならではのより美しい展開を提示する。最後にマジシャンがハンカチを取りのけると、何もなかったはずのお皿の上に湯気の立つ美味しそうな料理が並んでいる。

思わずパチパチと手を叩いてページを閉じる。騙《だま》されたはずだが、悪い気はしない。いつか時間が許せばもう一度読んでみたいと思う。そんな小説だ。

太宰は、作品の細部まで(わざとそっけなく塗り残した箇所も含めて)完全に仕上げなければ気が済まない完璧主義者だ。しばしば指摘されるように、読者が文章を読むスピードまでコントロールしようとする。そのために太宰はあざといまでに読点を駆使する。「この文章はここで息継ぎ、はい、次の文章」。作者が作品の背後に隠れていちいち指示するのは、世話の焼き過ぎだ。本人はサービスのつもりなのだろうが、読んでいて疲れる。作品によっては、ちょっと放っておいてくれ、と言いたくなるものもある。

「ろまん燈籠」では太宰の完璧主義、サービス精神過剰な傾向がうまく働いている。作品の長さと形式の兼ね合いだろう。これなら安心して読める。感心もする。読んで楽しく、笑える箇所もあり、その気ならホロリとすることも可能だ。日本文学伝統の連歌の形式にも則《のっと》っているので、高校大学の文芸サークル、同人誌等で「ろまん燈籠」をお手本に是非同様の試みをされるといい。子供習字教室で空海の風信雲書をお手本にするようなものだが、プロとアマチュアの違いを思い知るだけでも価値があるはずだ。ほかのお勧め作品としては「駈込み訴え」や「きりぎりす」「畜犬談」などを挙げておきましょう。では、今回はこれで。次回をお楽しみに！

……で終わりにしたいところだが、残念ながら冒頭の謎がまだ残っている。

なぜ『人間失格』が太宰の代表作と目され、「ろまん燈籠」他のお勧め作品は彼の代表作ではないのか？

当てにならない世間の評判の話をしているのではない。太宰自身が「ろまん燈籠」冒頭で「だらしない作品」「最上質のものとは思っていない」「甘ったるい創作」などと卑下《ひげ》し、友人に宛てた別の手紙の中でも「最近のじゃらついた作品」と自嘲している。

なぜか？

答えはたぶん、小説家の側にではなく、読者の側にある。

プロの小説家が、読者の要求を無視して作品を書くことはあり得ない。人によって程度の問題はあるだろうが、小説は読んでもらえなければ単なる紙くずだ、全く読まれないことを前提に小説を書く者はもはやプロの小説家とは言えない。

太宰治は徹頭徹尾プロの小説家だった。

読点の打ち方で読むときの息継ぎの場所までうるさく指示するくらいだ。太宰にとって作品は読者との関係性の中にのみ存在するものであり、だからこそ彼は切実に読者を求め、広く作品が読まれることを、誰よりも強く、渇望していた。

問題は、太宰が小説を書いていた時代だ。処女創作集『晩年』刊行は昭和十一年、太宰二十七歳。日本は昭和六年の柳条湖《りゅうじょうこ》事件をきっかけにした大陸への派兵を機に戦時色を強め、その後、盧溝橋《ろこうきょう》事件を経て昭和十六年には太平洋戦争に突入する。太宰の作品の多くは戦争中に書かれたものだ。「ろまん燈籠」はじめ、先に挙げた「きりぎりす」や「駈込み訴え」が書かれたのはいずれも昭和十五年。日中戦争が泥沼化し、英米との外交も行き詰まって「世界戦争やむなし」の雰囲気が漂っていた頃である。多くの日本の兵隊(若者)が大陸で戦死し、「お国のために」「贅沢《ぜいたく》は敵だ」といった風潮の中、きらきらと息を呑むほど美しい「ろまん燈籠」の作品世界が、一部の読者から「だらしない作品」「甘ったるい創作」「じゃらついた小説」と非難されたとしても不思議ではない。

太宰の自作評価は世間の評判の口移しだ。読者に対するポーズ、と言い換えても良い。

太宰がなぜ『人間失格』を書いたのか、その答えもここにある。

処女創作集『晩年』刊行の際、太宰は「私はこの本一冊を創るためにのみ生れた。(中略)

『晩年』一冊、君のその両手の垢《あか》で黒く光って来るまで、繰り返し繰り返し愛読されることを」と書いた。本気で書いている。だが、プロの小説家として生活していくためには一冊で済むはずがない。

この短篇集一冊のために（中略）百篇にあまる小説を、破り捨てた。原稿用紙五万枚。

と言い放った太宰は、その後、破り捨てたはずの百篇、五万枚を書き直すことになる。太宰治は自作を書き直す作家だ。自作の発展形を書く、と言うべきか（「ろまん燈籠」も、いささかぱっとしない先行作を〝書き直した〟ものである）。処女小説にはその小説家のすべてが詰まっている、という実作者の立場からすれば苦笑するしかない説があるが、こと太宰についてはあながち当てはまらないこともない。『晩年』には、その後の太宰作品の萌芽を多く見てとることができる。例えば『晩年』に収録された「道化の華」には、のちに書かれる『人間失格』の主人公「大庭葉蔵」の名前がすでに見られる。太宰はいう。

だいいち、大庭葉蔵とはなにごとであろう。（中略）大庭は、主人公のただならぬ気魄《きはく》を象徴してあますところがない。葉蔵はまた、何となく新鮮である。古めかしさの底から湧き出るほんとうの新しさが感ぜられる。しかも、大庭葉蔵とこう四字ならべたこの快い調和。この姓名からして、すでに劃期《かっき》的ではないか。

滑稽だと、自認している。真面目に読んでくれるな、と韜晦《とうかい》しているのだ。その大庭葉蔵の名前を使って、太宰は、深刻、大仰、韜晦するところが少しもない『人間失格』を書いた。『人間失格』は、つきつめれば「本当のことなんてない！」という作者の悲痛な叫びだ。だが、左翼運動に挫折し、カフェの女給と情死を企てて一人生き残った青森の名家のボンボン、津島修治（太宰の本名）にとっては、そんなことは小説の最初の一行を書き始めた瞬間から自明の理だったはずだ。「ホンモノなんてない。あるのはニセモノの輝きだけだ」、太宰はその前提で小説を書きはじめたはずなのだ。

『人間失格』執筆は昭和二十三年三月から五月。敗戦直後の混乱期だ。混乱した社会では、スミレの花束をそっと差し出すより、刺激の強い汚物をいきなり鼻先に突きつけた方が手っ取り早く人々の反応が得られる。無論、昨日まで天皇万歳、軍国主義一色だった偽インテリども（文壇を含む）が、掌《てのひら》を返したようにデモクラシーを唱え始めたことへの反発もあったのだろう。

太宰はストレートな言葉で『人間失格』を書いた。生《なま》の言葉が滑稽に見えることを誰よりも知り抜いていた、太宰らしくないやり方でだ。

『人間失格』は、敗戦後の混乱期、米軍占領下の日本で爆発的に売れた。そして今なお若い人たちの間で熱狂的に支持され続けている。若いということ自体、混乱期にあるという証拠だろう。

太宰の死は『人間失格』を書き上げた直後の昭和二十三年六月十三日。死の直前、彼は長編『グッド・バイ』を書き始めている。長年望んでいた朝日での新聞連載だ。遺された未完の草稿(連載十三回分)から窺えるのは、人気を博した『人間失格』や『ヴィヨンの妻』の深刻ぶった作風とはがらりと雰囲気が異なる、ユーモアと含羞の作品だ。十八年、この業界でメシを食っている者として断言できるが、周囲の反応は芳《かんば》しくなかったはずだ。小説家が一度売れると、編集者や読者から「次も同じような作品」を期待される。異なるテイストの作品を書くと、明白《あからさま》にがっかりした顔をされる。

太宰には周囲の顔色を窺い過ぎる傾向がある。まずい、と思ったはずだ。追い詰められると、太宰は逃げる。決まって女性と心中事件を起こす癖がある。過去に二度、それで逃げおおせた。今度も逃げられると思ったはずだ。逃げて、もう一度やり直せると。

賽《さい》の目は、しかし「仏の顔も三度まで」ではなく「三度目の正直」と出た。「人気作家太宰治氏情死　玉川上水に投身、相手は戦争未亡人」

太宰の死を伝える朝日新聞の一面記事だ。新聞各紙はトップ記事で「人気作家の心中事件」を報じた。以来、太宰には「愛人と情死」した「無頼派作家」のイメージがついてまわる。『人間失格』が必要以上に代表作と目されるのも、たぶん、そのせいだ。自業自得、と言えなくもないが、死んで七十年、そろそろ解放してあげても良いのではないか。

読書は富士登山とはわけが違う。「ホンモノなんかない！」とストレートに絶叫する作品読みは若い人たちに任せて、「ニセモノの輝き」をこそ目指した太宰の諸作品を読み返し、愛誦する大人が出てきても良いこころだと思う。

（『ろまん燈籠』新潮文庫他）

『竜馬がゆく』司馬遼太郎

高校時代の友人から久しぶりに手紙をもらった。「拝啓」で始まり「敬具」で終わる、いまどき珍しいちゃんとした手紙だ。太い万年筆で書かれた手紙の文字は、最近はすっかり漢字が書けなくなり、「だってワープロ作家だからね」と誰にともなく言い訳している自分が恥ずかしくなるほどの達筆であった。

手紙の中で友人は久闊《きゅうかつ》を叙《じょ》し、「貴君が『図書』に連載中の読書エッセイを毎回楽しみに拝読している」と嬉しがらせたあと、「高校生の頃に読んだ長い小説の代表として『カラマーゾフの兄弟』を取り上げていたが、これは貴君の記憶違いではないか。我々(傍点著者)が読んだ小説の中では『竜馬がゆく』の方が長かったはずだ」と指摘していた。

用件を伝えたあとも如才《じょさい》ない閑文字《かんもじ》を連ね、お互いの健康を祈念して結ばれた手紙を前に、私は暫《しば》し、うん、と唸った。「こんなちゃんとした手紙を文芸編集者からもらったことがない」「自分も出したことがない」という事実にいまさらながら呆れたわけではない。

友人は「『竜馬がゆく』は今も自分の愛読書である」という。高校時代に読んだ、それについて語り合った小説を、三十五年後に「今も愛読書だ」と言えるのは、彼自身気づいているかどうかわからないが、ほとんど奇跡に近い、希有な経験である。私が唸ったのは、そう言える作品に出会えた友人が羨《うらや》ましかったからであり、同時に友人にそう言ってもらえる小説を書いた司馬遼太郎という小説家が羨ましかったからでもある——と書くのは恐ろしく勇気がいる作業で、実際、この文章を書きながら指が震えている。

司馬遼太郎の代表作『竜馬がゆく』は累計発行部数二千五百万部、著者累計では一億五千万部とも二億部ともいわれている。

二万部で成功、五万部超えれば大成功という業界での話である。桁《けた》が二つも三つも違う。手紙をくれた友人もそうだが「歴史小説は読まないが、司馬遼太郎は読む」という読者を、私は個人的に何人も知っている。また、そうでなければこんな数字にはならないだろう。

「国民的作家」という言葉があるとすれば、司馬遼太郎にこそ相応しい。羨ましいも何もあったものではない。

とはいえ、まずは友人が指摘する疑問である。

『カラマーゾフの兄弟』は全三巻。『竜馬がゆく』は全八巻。一見勝敗は明らかだ。が、手元の文庫本の頁《ページ》をそれぞれ適当に開いて印刷された文字を数えると、前者が約六百字に対して後者は約三百五十字。これに頁数と巻数を掛けると、文字数換算では『カラマーゾフの兄弟』の方が多くなる……。

実を言えば、『カラマーゾフの兄弟』を取り上げた回で、私は「(読んだ小説の中で)一番長い」と書いてはいない(プロの小説家がどうズルく逃げて書くのか、興味のある人は確認してみて下さい)。ではなぜこんな面倒な計算をしたかといえば、司馬作品においてはこの独特の字並びが読者を引き付ける要因の一つになっているからだ。

手元の文庫本でおよそ三千三百頁。これほど大部の、しかも面倒な幕末史を扱った作品にもかかわらず、「読んでいて途中で挫折した」という声をほとんど聞いたことがない。

何しろ読みやすい。

短い文章を用いて、行換えを多用。登場人物の台詞を単独で行に切り出すのはむろん、単語一つ、時には文章の途中で切って一文にすることもあえて辞さない。著者の他の作品と比べてもこの傾向は著しく、頁によってはもはや書道でいうところの「散らし書き」に近く、現代詩と見まがうばかりだ。

記録によれば『竜馬がゆく』は一九六二年六月から六六年五月にかけて産経新聞紙上で連載、六三年五月から六六年八月にかけて順次五冊の単行本として刊行されている。時まさに高度経済成長のまっただ中、紙数を気にせずともよい特殊な時代の贅沢である。それ以前、あるいは出版不況が叫ばれて久しい今となっては「原稿料ドロボー」と陰口を叩かれる――ならまだしも、面と向かって罵倒されかねない執筆態度だ。念のため言っておけば、行換えを多用した字並びが必ずしも読みやすさにつながるわけではない。むしろ逆に作用している例がほとんどだ。が、こと『竜馬がゆく』に関してはこれがプラスに働いている。

黙読を前提にした切れの良い文章と独特の字並びが流れるようなリズムを生み、一度読み始めると頁をめくる手が止まらない。

余白の多い頁の印象そのままに、作品の印象はからりと明るい。著者は、主人公の竜馬はむろん、作品に登場する数多《あまた》の人物をそれぞれ多大なる共感と愛情をもって描き出す。ゴシップを多く語りながら、著者はワイドショーにありがちな「いやな話」には決して落とさない。端《は》役《やく》・敵役《かたきやく》の者たちでさえ単なる小物・悪物としてではなく、「一筆書き」の如き簡潔な筆さばきでありながら魅力的に描き分ける。司馬遼太郎は「しいたけがひらいたような顔」といった書き方を平気でする。どんな顔だよ、と思うが、なんとなくわかったような気になって、どんどん読み進めてしまう。

方言の使い方も見事。歴史小説を書く場合、登場人物の台詞をどうするかが大きな課題として書き手の前に立ちはだかる。史実通りにきつい尾張弁（現在の名古屋弁のさらに訛りが強い方言）で喋りまくる織田信長は小説の主人公としては興覚めだろう。平安貴族の話し言葉をそのまま文字に起こしても現在の読者には意味が通じない。司馬遼太郎は各地の方言や歴史的な言葉遣いを作中で印象的に用いる。坂本竜馬の土佐弁（「わかっちょる。しばらくだまちょれ」）、西郷隆盛の薩摩弁（「おはんがそう言うンなら、おいはそれに従い申そう」）、勝海舟の江戸弁（「入れといったってお前さん、どうせ汚《きたね》え部屋だろう」）。同時に、使い過ぎない。作品内に登場する者たちは、実際にはほとんどが標準語で思考し、会話している。それでいて、読者はあたかも彼らが本来の方言や歴史的言葉遣いでしゃべっているかのように錯覚する。このあたり、見事としか言いようがない。

『竜馬がゆく』に限らないが、司馬遼太郎の小説で印象的・特徴的なのは、読んでいる間、読者は著者の声をずっと耳元で聞いているような気がすることだ。

司馬遼太郎の語り口は、あたかも講談師のそれである。筆名も「司馬遷に遼《はる》か及ばず、日本人なので太郎」。漱石《いしにくちすすぐ》が俳号だとすれば、明らかに講談師のセンスだ。語り口は緩急自在、ところどころくすりと笑えるユーモアも忘れず、読者(聞き手)を一時も飽きさせないのは、まさに名人芸。司馬遼太郎の小説が一部読者から「インテリ講談」と評される所以である。

むろん、批判もある。

いかに名人芸とはいえ講談である以上、読者はあくまで著者の語りを聞く(楽しむ)のが主眼となり、途中で立ち止まって自分の頭で考えるのには向いていない。人物の書き方が類型的。「余談ながら」が多すぎる。前半の伏線らしき出来事が立ち消えになる。途中から作風が変わる。前半と後半ではあたかも別な小説のようだ。等々。

だが、これはもともとそういう小説なのだ。

お客は席に座って不世出の名人・司馬遼太郎の至芸を楽しめば良い。

連載開始当時、人々は『竜馬がゆく』を読むために新聞を買い求め、おかげで産経新聞は購買部数を大幅に伸ばしたという。夏目漱石を嚆矢《こうし》とし、「日本独自の文化」といわれる新聞小説だが、目に見える形で購買部数に貢献したのは『竜馬がゆく』がたぶん最後だろう。

司馬遼太郎自身、単行本第一巻あとがきで「私ごとき者の小説が、これほど読まれたことは、かつてない」と、驚いたように書いている。

そのくらい売れた。

『竜馬がゆく』の成功によって、司馬遼太郎は「流行作家」の地位を飛び越え、一躍「国民的作家」となった。

皮肉なことに、そのことが小説家・司馬遼太郎の筆を不自由なものにする。

私が大学に入ったころ、日本史の教授が「論文資料に司馬遼太郎作品を挙げてくる学生がいるんだよね」とぼやいていたが、数年後には「今じゃ、指摘してもみんなポカンとしている。どうして駄目なのかわからないらしくって……」と苦笑していた。「あれは小説(フィクション)だから」とわざわざ説明しても、納得しない学生が多いのだという。

司馬史観、などいう言葉が一般に流布しはじめたのも確かこのころからだ。

小説家に人間観、世界観、歴史観がなければ小説など書けるはずがない。作品内で人間観、世界観、歴史観がばらばらでは読者は混乱する、読んでも面白くない。だからだろう、かつては「(世界観を確立する)三十歳までは小説は書けない、書いてはいけない」と言われたくらいだ。小説に歴史観・世界観があるのは当然なのだが、作品が世の中であまりに売れた・読まれたために、司馬遼太郎が作品内で提示する歴史観・世界観があたかも何か特別なもののように見做《みな》されるようになった。作者司馬遼太郎当人の思惑とは別なところでだ。

乱暴な言い方をすれば、小説はバカにならなければ書けない。バカになった自分を晒《さら》して芸を見せるのが小説だ、ともいえる。何とかお客に喜んでもらえるよう芸を磨き、手を替え品を変え、工夫を凝らす。この点、小説家は落語家や講談師と何ら変わりはない。正しいこと（真理）を示せば必然的に評価される学問の世界とは違う。いくら正しくても、面白くなくては意味がない。作品の価値はお客（読者）との関係性の内にしか存在しない。そう覚悟して作品に臨《のぞ》む。外の世界の者には窺い知ることのできない、また知らせる必要もない、悲壮な覚悟だ。

司馬遼太郎はいまでいうサブカルへの理解も深く、広瀬正のSFや宮崎駿のアニメをいち早く評価し、周囲の者たちに喧伝していたらしい。また、彼の初期作品には頻繁に忍者が登場する。山田風太郎や白土三平、横山光輝らが描く忍者が世の人々の心をとらえ、ブームとなっていた時代だ。初期の司馬遼太郎は移ろいやすい流行を積極的に取り入れている。だが、「司馬史観」などと読者、マスコミ、果ては学者連中までが言い出したことで、彼の作品や発言が必要以上に大真面目に取り上げられるようになった。

地の声を直接読者に聴かせる司馬遼太郎の芸風（作風）では、身を隠すものがなにもない。「司馬史観」などと称され始めたあとの執筆は、裸で高座に上がる心地がしたはずだ。

国民的作家などと指さされ、一挙手一投足を注視されている状況ではバカにはなれない。あるいは、必死にバカをやっても周囲が誤解し、「へえ」「さすが」と感心される状況では、小説は書きようがない。

司馬遼太郎は晩年、身近な人に「ペンネームを変えれば小説を書けるんだがなあ」と漏らしていたという。彼が小説からエッセイ・対談へと軸足を移していったのは、作品が売れ過ぎたことによる皮肉な結果だった。

『竜馬がゆく』単行本第二巻の「あとがき」にこんな文章がある。

　筆者は、この人物(竜馬)を通して、幕末の青春像をかいている。

良く知られているとおり、「青春」などという概念は明治期に入ってきたもので、竜馬が生きた幕末にはない(文字はあったが、意味するところは我々のイメージとは掛け離れている)。司馬遼太郎は無論そのことを知っていたはずだ。知った上で、あえて、

　日本史が所有している「青春」のなかで、世界のどの民族の前に出しても十分に共感をよぶに足る青春は、坂本竜馬のそれしかない

と書く。

『竜馬がゆく』は竜馬の青春を書いた小説である。と同時に、小説家・司馬遼太郎自身にとっての青春の書だった。「世界のどの民族の前に出しても」とは司馬遼太郎一流の衒《てら》いだが、著者自身があえて明かすとおり、青春小説であることが『竜馬がゆく』をして多くの、結果としてはいささか多すぎるほどの読者を得た理由だったのだろう。

私が高校に上がった一九八〇年代前半、『竜馬がゆく』は連載終了からすでに十五年以上が経過している。発表十五年以上を経てなお高校生がクラスで回し読みし、貸本屋状態になるような小説は他にちょっと思いつかない(いま思い出せば、読んでいるのが専ら男子だったのは不思議なほどだが)。

『竜馬がゆく』は、事情もよく分からぬまま高等学校などという一つ場所に押し込められた十五歳の少年たちが、お互いを探り合うための格好のたたき台だった。当時私たちは『竜馬がゆく』を回し読み、歴史や人物、友情や愛情について語りながら、それ以上に自らを多く語っていたのである。

我々が読んだ小説。

そんなふうに言える作品を持てたことは、信じられないほど幸運だったのだと、いまにして思う。

(『竜馬がゆく』文春文庫)

『スローカーブを、もう一球』山際淳司

スポーツ・ノンフィクション、と呼ばれるジャンルの短編集だ。

野球が四篇(プロ野球二篇、高校野球二篇)、ボート、ボクシング、スカッシュ、陸上競技(棒高跳び)といったラインナップで、一九七九年から八〇年にかけて実際に行われたゲームに参加した実在の人物が登場する。例えば冒頭の「八月のカクテル光線」の舞台は七九年の夏の全国高校野球、いわゆる「甲子園大会」で行われた箕島《みのしま》高校対星稜《せいりょう》高校の一戦だ。私はこのゲームをライブで見ている。手に汗握るシーソーゲームの末、冗談のような逆転劇と延長十八回の劇的な幕切れ。夕食時であったが、小学生だった私は食事などそっちのけでテレビの前にくぎづけになっていた記憶がある。

本書を手に取ったのはそれから五、六年後で、一読、衝撃を受けた。

――あれをこんなふうに文章にできるんだ。
という新鮮な驚きだった。

それまでは、世のオジサンたちが前日行われた野球や相撲の記事を読むためにスポーツ新聞を購入する理由がよくわからなかった。掲載されているのは試合結果と選手コメントくらいだ。インターネットはなかったが、テレビやラジオなど即時性の高いメディアで結果はすでに知っているはずだ。わざわざ新聞を買う必要はないではないか、と実際にアルバイト先で知り合ったオジサンに尋ねて「余計なお世話や」と、どやされたことがある。

たぶん、こういうことなのだろう。

視覚・聴覚体験は言語化されて初めて記憶となる。スポーツファンは既知の結果や選手コメントを記事で読むことで、お気に入りのチームや選手の活躍の記憶を何度でもくりかえし楽しむことができる。野球や相撲、競輪競馬、サッカーやテニスもそうだが、プロスポーツは一つの試合ですべてが決まるわけではない。彼らはシーズン中、勝ったり負けたりしながら成績を積み上げていく。最終的に優勝できればよし、駄目でも来シーズンにつながればファンは満足する。チームや選手たちと物語を共有する者をファンと呼ぶのだ。すでに物語の中にいる者にとっては「試合結果」と「選手コメント」で充分、それ以上の質問は「余計なお世話」であろう。逆に、物語の外にいる者にとってはスポーツ新聞の記事は「意味のない情報」ということになる。

スポーツについて書くことは難しい。かつて三島由紀夫が書いたボクシングの描写を読んであくびが出た。これなら『あしたのジョー』の方が面白い。スポーツは文章には向かない。漫画や映像に向いた対象なのだ。そう思っていた。

山際淳司はスポーツを個人の物語に還元する。ゲームを単なる個々のプレイの集積や試合の勝敗ではなく、プレーヤーの内面のドラマとして描き出す。綿密な取材で拾い上げた膨大な競技情報に加え、選手自身や関係者の言葉を用いて物語を再構築する。その結果、彼が書く文章は〝物語の外にいる者〟にも楽しめるものとなった。本書に即して言えば一人乗り《シングル・スカル》ボートやスカッシュ、棒高跳びといった、多くの者には馴染みがない、どうかすると一度も見たこともないゲームを誰もが楽しめる物語に変えた。

閉じた世界で内向きに書くのが常識だった文章を、外の読者に開いてみせる。

これは画期的な出来事であり、小説《フィクション》の書き手もまたここから学ぶべきことは多いはずだ。デビュー当時、私は山際作品を研究し、模倣し、挫折した経験がある。満足のできる物語に仕上げるためには、第一に取材不足であり、それ以上に自分にはスポーツへの興味や愛が足りないことを思い知らされたわけだ。

スポーツを観るのは楽しい。だが、スポーツについて広く楽しんでもらえるよう書くのは難しい。さらに、スポーツについて書かれた作品について書くのはもっと難しい。じゃあ、止めればいい。何だってこんな難しい本を取り上げなければならないのだ？

自分でも首を傾げつつ、二十数年ぶりに読み返してその理由に思い当たった。

オリンピックのせいだ。

一九七九年から八〇年のスポーツ界を描いた本書にはオリンピックの影が色濃く感じられる。正確には〝モスクワ大会ボイコット〟の影だ。当時はオリンピック種目ではなかった野球やスカッシュを扱った作品が「あっけらかん」としているのに対して、オリンピック種目を扱った作品にはスポーツが本来持つ明るさや輝きの背後に、どろどろとした黒い影が透けて見える。

〝不参加が決まる以前から、個人的には、ああいう形のオリンピックには出たくないと思っていた。オリンピックも、ヘリンピックもサヨナラです〟（マラソン代表・瀬古利彦のコーチ、中村清）

〝自分のためにやってきたんです。国のためでも大学のためでもなかった。自分のため、

ただそれだけです。だから……バイトをしながらのカツカツの生活でもボートを続けられた〟(シングル・スカル代表、津田真男)

何のことか分からない若い人もいると思うので少し説明すると、日本は一九八〇年にモスクワで行われたオリンピックをボイコットした。大会への選手派遣を中止し、個人参加も認めず、代表に選ばれていた日本の選手は誰一人その年のオリンピックに出場できなかった。理由は「ソ連(当時)のアフガニスタン侵攻に抗議するため」だ。ボイコット決定直前まで、テレビでは「ガンバレ、ニッポン! モスクワは近い」というCMが散々流れていたのがぴ、た、りと止んだ。あれだけ騒いでいたマスコミは口を閉ざし、子供心にも後味の悪い、いやな空気が世間に流れていた覚えがある。

どうやら子供のころのオリンピックを巡るいやな記憶が昨今の日本のオリンピックを巡る状況と重なって、本書を再々読するきっかけとなったらしい。

オリンピックの歴史を以下簡単に。

フランス人クーベルタンの提唱で行われることになった国際的(大)運動会だ。第一回大会は一八九六年。当初は同時開催の万博の余興扱いで、のんびりした当時の雰囲気は一九三二年のロサンゼルス大会に参加した田中英光の『オリンポスの果実』からも窺うことができる。

オリンピックの利用価値を見いだしたのがナチス・ドイツだ。一九三六年のベルリン大会がナチス政権の正当性を世界に対して主張する一大デモンストレーションとして利用されたことは良く知られた通りである。オリンピックに政治を持ち込むな、と能天気なことを言う人がいて、最近はロックコンサートにまでそんなことを言い出しているそうだが、オリンピックはとっくに政治の道具となっている。お人よしのクーベルタン男爵の意図はともかく、政治学には古くから、

——お祭り《サーカス》は民衆にとっては政治を忘れるためのものであるが、権力者にとってそれは政治のための好機である。

という有名な定理があって、オリンピック(＝お祭り)が権力者に政治利用されるのは、いわば当然の帰結であった。

勘違いされては困るが、スポーツ＝オリンピックではない。

山際淳司が鮮やかに描き出したように、スポーツは本来、選手個々人のものだ。たとえ団体競技においても、その本質は変わらない。個人に還元されるべきスポーツの大会に国家単位で選手を派遣し、メダルを競わせる時点で、オリンピックは「国家主義」「国威発揚」の政治的

意図を必然的に体現してしまっている。

かつてオリンピックは「アマチュアスポーツの祭典」と呼ばれた。アマチュアリズム尊重を高らかに謳い、スポーツでわずかでも金銭を受け取った事実が判明すると選手名簿から除名、メダルを剝奪されるという徹底ぶりだった。百八十度方針が転換したのは、一九八四年のロサンゼルス大会からだ。大手スポンサーを引き入れ、莫大な放映権料を設定することで、オリンピックは一転〝もうかる商売〟へと変貌した。資本主義という悪魔に魂を売った代償は、スポーツのショービジネス化と、なし崩し的なプロ選手の参加である。

オリンピック開催地を巡って多額の使途不明金が飛び交い、IOC役員はスポンサーの金で世界中を豪華に旅してまわるようになった。各国政治家にとってもオリンピックは国民の税金を堂々と私物化する体《てい》の良い名目となり、政界や財界の面々がハゲタカのごとく群がった。

二〇一三年、ブエノスアイレスで行われたIOC総会において、日本の首相は臆面もなく「汚染水は完全にブロックされている」と、事故現場で懸命に作業を続けている人々を啞然とさせる嘘をつき、流暢なフランス語をあやつる女性タレントが「お・も・て・な・し」を約束して、二〇二〇年の開催地は東京に決まった。国際オリンピック委員会の連中がどんな「お・も・て・な・し」を期待してやってくるのか考えただけで寒気がする。帰国後、首相の嘘は取り巻きや財界から称賛され、以後彼は嘘をつけば褒められると勘違いするようになった。

当初、東京大会は「復興五輪」と呼ばれていた。東北や九州地方で起きた甚大な地震被害、さらには原発事故からの「復興」だという。

開催決定後、オリンピック関連施設の工事は国策となった。人材も資材も東京に集中、資材費人件費が高騰し、東北や九州では復興が妨げられている。オリンピック関連の大規模工事は震災で焼け太りしたゼネコン各社に割り振られ、平然と談合が行われている有り様だ。

東京大会開催決定翌日、国営放送《NHK》はむろん、民放テレビ各局、さらには大手新聞四紙がこぞって公式スポンサーに名乗りを挙げ、「東京オリンピック2020」への異議申し立ては事実上封殺された。「決まったからにはやるしかない」と、まるで「始めたからには勝つしかない」と国民を鼓舞した先の戦争時と同じことをマスコミはまた繰り返している。

昨今はさすがに「復興五輪」は無理があるらしく、広告代理店を中心に「アスリート・ファースト」などと、何語なのかさえ不明な言葉が広まっている。もしくは広めようとしている。すでに発表された東京オリンピック2020の日程は、七月二十四日から八月九日。

近年急激に温暖化が進み、気候が東南アジア化している日本・東京で、猛暑の八月、真っ昼間に激しいスポーツを行う？　マラソンコースも発表されたが、それによれば「午前七時のスタートでもコース、の八割が暑さ指数(というものがあるらしい)で厳重警戒レベルを超える」という話だ。

どこがアスリート・ファーストなのか？

ちなみに一九六四年の東京オリンピック開会式は十月十日。「まるで世界中の青空を東京にもってきてしまったような素晴らしい秋日和です」と思わず発したアナウンサーの言葉が図らずも東京による地方簒奪《さんだつ》の状況を暴露した事実はともかく、スポーツをするには悪くない季節だ。十月十日は「体育の日」に制定され、国民の祝日となった。今回調べて驚いたことに、十月十日はいつのまにか「体育の日」ではなくなっていた。前後の休日に合わせて変動するらしい。それでいいのか？　大会に参加した選手にとっては、例えば結婚記念日を勝手に変えられてしまったようなものだ。選手など結局はその程度にしか大事にされていない証拠である。

良く知られている通り、八月の競技日程はアメリカを中心とするテレビ各局の都合である。十月では秋の番組編成に支障を来す。オリンピックは番組端境《はざかい》期の夏にこそふさわしい――。

選手の都合ではない。明らかに莫大な放映権料を支払うスポンサーの都合だ。が、「スポンサー・ファースト」というフレーズは、なぜかなかなか広まらない。

かつて「参加することに意義がある」と謳われたオリンピックの精神はどこへやら、メディアは「勝てば官軍」、メダルを取った者たちだけに群がり、ほめそやす。メダルを取らなかった者は、たとえ世界四位であっても〝お呼びでない〟という非情さだ。勝利至上主義。それもオリンピックがもたらした害悪である。

山際淳司が本書で取り上げるのは、勝者よりむしろ敗者の物語だ。「ザ・シティ・ボクサー」の主人公は日本フライ級第四位。表題作「スローカーブを、もう一球」は関東大会準優勝ピッチャーだ。世界トップやオリンピック・メダルにはほど遠い。だが、彼らの物語は読む者にスポーツの本質を教えてくれる。スポーツの価値は勝敗にのみあるのではなく、試合が始まるまで、あるいはゲームが始まった後、勝敗が決するまでの過程であり、そしてそれらはすべて丸ごと選手個人に帰属するものなのだと読者に告げる。

今やオリンピックは選手を商品化し、搾取する、資本主義最悪の見本市と化した。山際淳司亡き後、残された私たちは自国の首相の嘘から始まったオリンピックを未来の子供たちにどう語れば良いのだろうか？　それとも「嘘は犯罪ではない」と閣議決定して済ませてしまうのか？

東京オリンピックを巡っては開催決定後も数多の問題が起きている。国立競技場やエンブレムは一度決まったあとでコンペがやり直され、東京都知事が次々にひきずり降ろされた。誘致活動に使われた裏金の黒い噂は、結局解決しないままだ。

選手よりスポンサーの顔色を窺うオリンピックなど本当に開催すべきなのか、私たちはいま一度足を止めて考え直すべきだろう。

あのエンブレムは、オリンピックの喪章としてもいけると思う。


（『スローカーブを、もう一球』角川文庫）

追記
本稿が『図書』に掲載された後、東京オリンピックのマラソンは「六時スタート」とする方針と発表された。競歩は何と「五時半スタート」だという。

以前、仕事で国際レースに参加する長距離ランナーにインタビューする機会があった。競技者たちは「スタートの最低数時間前から体と気持ちの調整をはじめる」という。

六時、あるいは五時半の数時間前。

真夜中だ。

どこが「アスリート・ファースト」なのか？　オリンピック組織委員会は、競技者のマラソンや競歩と、お年寄りの朝散歩の区別がついていないのではないか。

『ソクラテスの弁明』プラトン

皮肉といえばこの人、ソクラテスである。

実在の人物だ。

紀元前三九九年。七十歳の頃、彼は古代ギリシア・アテナイで裁判にかけられ、死刑に処された。

ソクラテスはなぜ死刑になったのか？

『ソクラテスの弁明』を読んでも、じつはよくわからない。

作中の告発者の言葉を額面どおり受け取れば、ソクラテスは「若者を惑《まど》わし、腐敗せしめ」「アテナイの神々を否定した」——と、あたかも新興宗教の教祖のごとき扱いだが、これらの罪状は、裁判がはじまって早々にソクラテスによって完膚なきまでに論破されている。

裁判の場でソクラテスは珍妙な譬《たと》え話で告発者をからかい、愚弄《ぐろう》し、混乱に陥れる。皮肉屋の面目躍如といったところだ。

尤も、事件の依頼人相手ならぬ陪審員を務める五百名(一説には五百一名)のアテナイ市民にとっては例えば次のような言葉は少々皮肉がききすぎて、彼らを苛《いら》つかせた可能性は否めない。

私が滅ぼされるとすれば、むしろ多衆の誹謗と猜疑とであり、それはすでに多くの善人を滅ぼしてきた。思うにまた滅ぼしていくであろう。私がその最後だろうというような心配は決して無用である。

有罪無罪を決める最初の投票は、わずかな票差で「有罪」となった。

量刑を決定する次の投票の前に、いま一度被告ソクラテスの「弁明」が行われる。

求刑は「死刑」。対してソクラテスは最初、「迎賓館《プリュタネイオン》での食事」を申し出る。これはまあ、冗談、というか、お得意の皮肉である。彼は続いて「下獄」「追放」「罰金」と自らの処罰を順に検討し、結局(友人たちの勧告を聞き入れる形で)罰金刑を申し出る。

二度目の投票では、しかし、一度目をはるかに上回る者たちが告発者側の主張に同意の票を

投じ、「死刑」が確定する。ソクラテスは最後に、

去るべき時が来た――私は死ぬために、諸君は生きながらえるために。もっとも我ら両者のうちいずれがいっそう良き運命に出会うか、神より外に誰も知る者はない。

と啖呵《たんか》を切って裁判所を後にする。

以上が有名なソクラテス裁判の概要で、最初の問い（ソクラテスはなぜ死刑になったのか？）への答えは最後まではっきりしない。研究者によれば、

〝ソクラテスは「吟味されない人生は生きるに値しない」という批判的問いかけへの忠誠を貫いたがために命を落とした〟

〝彼は「汝自身を知れ」で有名なデルフォイの神託を受け、世界に対する説明責任《アカウンタビリティ》を果たそうとした〟

〝当時アテナイにはびこっていた価値相対主義に反旗を翻した〟

などなど、小難しい理屈が色々とついてくるが、要は当時の権力者を批判し、権力者が自らと金持ちの友人連中のために行っている政治の欺瞞性（何だか最近も聞いたような話だが）を暴

き立てたがゆえに訴えられ、死刑を宣告された、といった辺りが真相らしい。

告発者の三人は無名の市民であり、彼らの背後に強力な権力者・有力者が存在する事実は当時も当然のこととして囁かれていた。現在《いま》で言えば、政権批判をしたために匿名者にネットで攻撃され、晒《さら》され、社会的に抹殺、といった感じか。

当時ソクラテスはアテナイきっての有名人だった。裁判の過程で明かされるのは、日がな一日広場《アゴラ》の隅に陣取り、若者たち相手に議論するソクラテスの姿だ。

来る者は拒まず。どんな相手、どんな問題でも議論のテーブルに上げ、言葉《ロゴス》を用いて問題を吟味する。当時の教師の役割は(今もそうだが)「知識を教授すること」だったから、自身で問題を提起させ、議論を通じてその問題を一緒に吟味していくソクラテスのやり方は革命的といえるほど目新しいものであった。

都市国家アテナイがかつての繁栄の光を失い、没落の一途をたどっていた時期だ。若者たちが将来に不安を抱え、新しい都市国家の在り方、自分たちの生き方を模索していたのは当然だろう。

ソクラテスはアテナイの若者たちの間で絶大な名声と評判を得た。ソクラテスを師と仰ぐ者たちが出てきたのも、なんら不思議はない。若者たちは既存の権力に疑問を呈し、ソクラテス的考え方に基づいた新たな都市国家の有り様を模索するようになる。

それこそが、既得権益にしがみつく権力者・金持ち連中の最も恐れるところであった。時の権力者がわざわざ代理人を雇ってまで七十歳の老人ソクラテスを訴えなければならなかったのは、裏を返せば、ソクラテスがよほど目障りな存在だったということだ。

奴隷制に支えられ、男女差別も甚《はなは》だしかった古代ギリシアの民主制の是非を問うのは本稿の目的ではない。

権力者による〝でっちあげ裁判〟の傍聴席に、ソクラテスの弟子を自称する一人の若者がいた。プラトン(当時二十八歳)だ。ソクラテスへの死刑判決はプラトンに強い衝撃を与え、ほどなく『ソクラテスの弁明』を書かせることになった。はるかエーゲ海に面したバルカン半島の一角で、二千四百年以上前に行われた一裁判の経緯を我々が詳しく知っているのはプラトン青年(当時)のお陰である。

同時代のプラトンが、先に述べた裁判の裏事情を知らなかったはずはない。彼が受けた衝撃とは、

——我が師ソクラテスがなぜ祖国アテナイから死刑を宣告されなければならなかったのか?

というもので、作品の随所からプラトンの困惑と混乱が伝わってくる。

プラトンが知るソクラテスは、自他共に認める愛国者であった。

この国《アテナイ》は例えば巨大にして気品ある軍馬で、巨大なるが故にこれを覚醒するには何か刺す者を必要とする(中略)私はアテナイにとって虻《あぶ》のような存在なのだ。

アテナイ市民はこれを「余計なお世話」として、ソクラテスに死刑を言い渡し、惰眠を貪ることを選んだ。権力者への批判が祖国への批判にすり替えられ、「非国民」「売国奴」のレッテルを貼られて犯罪者扱いされるのは、いまも昔も珍しい話ではない。

ソクラテスは殺され、その後アテナイは政治的混乱のうちに滅びることになる。

——我が師ソクラテスの人生は無駄だったのか?

プラトンは自らの疑問に答えるべく筆を執《と》り、『ソクラテスの弁明』を(おそらく一気に)書き上げた。

良く知られているように、ソクラテスは自分では一冊の本も、一言《ひとこと》の言葉も書き残してはいない。″ソクラテス自身″と″プラトンが描いたソクラテス像″は、実は截然と区別できないということだ。

中島敦は司馬遷の口を借りて「作ル」ことの業《ごう》を問う。

――これでいいのか？　こんな熱に浮かされたような書きっぷりでいいものだろうか？（『李陵』）

『ソクラテスの弁明』を書きながら、プラトンもまた同じ疑問を抱いたはずだ。

これでいいのか？　こんな熱に浮かされたような書きっぷりでいいものだろうか？

司馬遷（中島敦）がそうであったように、プラトン青年はこう結論する。

「我が師ソクラテスを描くためには、やはりこう書くしかない。人と違った人間を、違った人間として記述するためには、この書き方しかないのだ」

『ソクラテスの弁明』作中において、ソクラテスは見事に甦《よみがえ》る。己の生死をかけた裁判の場で珍妙な譬え話を用いて告発者をからかい、愚弄し、混乱に陥れる。アテナイ人諸君、と繰り返し呼びかける演説はじつに効果的であり、諧謔《かいぎゃく》を交えた反語的証明方法は、かのシャーロック・ホームズ氏の決め台詞を彷彿とさせる。

これぞソクラテス、我らが師と仰いだ人物だ。

『ソクラテスの弁明』がアテナイ市民の評判を呼んだことは想像に難くない。となれば、プラトンのもとにはこんな依頼が舞い込んだはずだ。

――ソクラテス（の物語）をもっと書いてほしい。

プラトンはその後、ソクラテスを主人公にした多くの作品を書くことになる。「ソクラテス・シリーズ」とでも呼ぶべき一群の著作によって、プラトンは（古代の）大作家の名前をほしいままにする。

人はなぜ物語（小説）を書くのか？

プラトン以前にもホメロスの叙事詩があった。偉大な詩人たちがいた。舞台上で演じられる悲劇・喜劇は古代ギリシア世界で非常に発達し、『オイディプス』や『アンティゴネー』といった作品は、現代の日本で上演してなお充分に現代性をもつ優れた劇作《ドラマ》だ。だが、『ソクラテスの弁明』は明らかにそれまでの叙事詩や劇作とは異質な要素を含んでいる。後世、小説と呼ばれるジャンル特有の何かを孕《はら》んでいる。

実を言えば、プラトンのその後の「ソクラテス・シリーズ」は（プラトン哲学の研究者にとっては重要かもしれないが）二十一世紀の小説家的観点からすればつまらない。優れた小説に不可欠な要素である他者性や多声的《ポリフォニック》な要素が失われ、まるで何人ものプラトンが交互にしゃべっているような感じがする。

『弁明』の後に書かれた『クリトン』、次の『パイドン』までが「ソクラテス最後の日々 三部作」といわれ、三作を収録した英語本の題名はまさに「The Last Days of Socrates」。プラトンは『クリトン』では少し、『パイドン』においては明らかに「作り」はじめている。『弁明』を離れるほど作品から緊張感が失われ、小説としてはつまらなくなる。

逆に言えば、プラトンにとってソクラテス裁判は自らの言葉《ロゴス》を超え出ていくほど特別なものだったということだ。

己の生死がかかった裁判で自在に振るまい、死を宣告されてなお平然としている。

ソクラテス裁判と彼の死にはどこか奇妙な箇所がある。いくら真相を追求していっても、最後にソクラテス自身にしかわからないような謎が残る。

彼は、若者に対してそのようにふるまってみせることこそが大人の責任だと考えたのかもしれない。神や魂の不滅を持ち出して、安易で、受け入れやすい虚構に回収することなく、己の人生を最期に敢えて「謎」として提示する。

ソクラテスが最期に残した謎がプラトンに『ソクラテスの弁明』を書かせた。

——我が師ソクラテスの人生は無駄だったのか?

その答えが「否」であることは、二十一世紀の東洋の島国に生きる我々が『ソクラテスの弁明』を読み継いでいる事実によって証明されている。

なぜ、祖国に裏切られ、死刑に処されたソクラテスの人生が無駄ではなかったのか？

なぜ、『ソクラテスの弁明』は時代を超え、地域を超えて読み継がれるのか？

歴史は繰り返す。

という例の諺は「権力は腐敗する」とともに人類史上の二大真実であり、歴史の反復性と権力の腐りやすさは、どうやら人間の存在様式そのものに深くかかわっているらしい。

紀元前四百年頃に古代ギリシアで起きた事態は、その後二千四百年のあいだに世界中で何度となく繰り返されてきた。いま、この瞬間も、我々の目の前で繰り返されつつある。そのたびにソクラテスが引き合いに出される。民主主義の虻として自己規定したソクラテスの生き方が、一つの規範として提示される。


ソロモン・アッシュの実験が有名だが、人は周囲の者たち全員が誤った認識判断を示すと、それが如何に誤った判断であろうとも、自分の明確な認識に逆らってでも、皆と同じ結論に至る傾向がある。例えば「嘘はダメだ」と思っていた人が、周囲の者たちが全員「嘘、オッケーじゃん」と言い始めると、驚くほど短時間で「そうだよね。嘘、良いよね」と言うようになる。同調圧《ピア・プレッシャー》と呼ばれるもので、人は自ら信じているより遥かに容易に同調圧に屈することが実験で証明されている（民主主義には様々なすばらしい力があるが、同時に異常な同調圧が発揮されがちだ)。

その一方でアッシュは同じ実験において「周囲に一人でも正しい認識を掲げる者がいれば、多くの者は同調圧に抗して自分が正しいと思う認識を表明することができる」という結果も示している。

一人でも異を唱える者がいれば、周囲の者たちもまた自らの正しい認識を表明できる。少数の抵抗者の存在が、社会的有効性を持つということだ。

二千四百年前、プラトン青年によって書き留められた『ソクラテスの弁明』は、権力に安易に迎合して生きることにどうしても納得できない一部の人たちに勇気を与える。

皮肉屋の変人ソクラテスが一人の英雄、人がなしうる最高の規範として提示される。

『ソクラテスの弁明』のおかげで、オダノブナガやトクガワイエヤス、ナポレオンといった猿山の大将になるために裏切りと殺戮《さつりく》を繰り返した者たちばかりではなく、たった一人で言葉《ロゴス》をもって国家に異議を申し立て、殺された人物が比類なき英雄《ヒーロー》として人類史に刻みつけられることになった。

小説はその起源において一つの可能性を示した。そう読むのは穿《うが》ち過ぎであろうか。

(『ソクラテスの弁明 クリトン』久保勉訳、岩波文庫)

『兎の眼』灰谷健次郎

鉄三《てつぞう》のことはハエの話からはじまる。

鉄三の担任は小谷芙美《ふみ》先生といったが、結婚をしてまだ十日しかたっていなかった。大学を出てすぐのことでもあり、鉄三のその仕打ちは小谷先生のどぎもをぬいた。

小谷先生は職員室にかけこんできて、もうれつに吐いた。そして泣いた。


のっけから長い引用となったが、『兎の眼』の冒頭（プロローグ）である。

どんな話なのか、読者にはまったくわからない。わからないが、わからないからこそ、思わず引き込まれてしまう良い出だしだ。

出版は一九七四年（昭和四十九年）、本作は無名の新人作家だった灰谷健次郎を一躍ベストセラー作家の地位に押し上げた。昨今の〝瞬間的・爆発的に売れるが、翌年には誰にも顧みられない〟ベストセラー本とは異なり、数年にわたって売れ本リストの上位にとどまりつづけた希有な作品だ。次作『太陽の子《てだのふぁ》』も読者に広く支持され、灰谷健次郎は日本の児童文学を代表する作家の一人となった。

児童文学。ベストセラー。小学校が舞台。教師と子どもたちの物語。

とくれば、文部省(当時)推薦図書風のイメージがあり、「五十歳を過ぎて読んでもなぁ」と正直躊躇《ちゅうちょ》するところがあったが、今回読み返して印象を改めた。

かなりアナーキーな小説だ。

作中では、例えば子どもたちが野犬狩りの公用車を襲撃、破壊するという、ワクワクする場面がある。襲撃を成功させた後、警察に捕まった子どもたちは、

「ひとの犬をだまってとるもんがわるい!」と反論し、

「鑑札《かんさつ》を受けていない犬はみんな野犬あつかいするようになっとる」

という大人たちに、

「そんなこと、おまえらが勝手にきめたんやないか」

と、胸がすく台詞を言ってのける。

その他にも、子どもたちの同盟休校事件、教師のハンスト、日本による朝鮮半島支配の歴史、日本の警察や憲兵隊による思想弾圧、拷問、虐殺が語られ、そのあいだに、「人間は抵抗、つまりレジスタンスが大切ですよ、みなさん。人間が美しくあるために抵抗の精神をわすれてはなりません」と小谷先生の恩師の言葉が、これはやや唐突に挟み込まれる。

作品内ではゆるい関西弁が醸《かも》し出すユーモアと、随所に見られる無政府主義的な気配とが見事に調和している――。

もちろん、褒めているのだ。よくぞこの作品がベストセラーになった、と当時の社会に喝采を送りたくなる。そう思ってしまうこと自体、日本の言論・出版状況が窮屈になっている証拠だろう。

本作に登場する子どもたちは、いわゆる「良い子」のイメージとは掛け離れている。彼らはある意味、残酷だ。作中では両生類や昆虫、小動物が文字どおり虫けらのように扱われ、ときに殺戮される――と書けば、眉をひそめられる向きもあろうが、自分の胸に手を当てて考えて頂きたい。子どもの頃（どのくらい昔かはあなたの年齢次第だ）、蝶やセミの羽をむしった経験が一度もない、と断言できる人は少ないはずだ。昆虫採集の名目で生きたバッタやコガネムシに毒液を注射し、あるいは夏の暑い日、蟻の巣にホースで水を流しこんで「蟻天国」と悦《えつ》に入っていた覚えはないだろうか？　爆竹を使って小魚やカエルやイモリを〝爆破〟した経験をもつ方も、中にはいらっしゃると思う。
そんな子どもたちの振る舞いに、大学を出たばかりの小谷先生は愕然とする。

いったいこの子たちにはひとの心があるのだろうか、やさしさとか思いやりとかそんなものが、ひとかけらでもあるのだろうか。

小谷先生はそのたびに涙ぐみ、メソメソ泣き、あるいは号泣する。
だが、人(子ども)とはそもそも言語を獲得し、本能から切り離されたことで何でもできるようになった存在のことだ。文字どおり何でもできる化物ともいえる。
本作には『シートン動物記』が二度出て来る。物語の前半、子どもたちが罠《わな》を仕掛けてネズミの王様をとらえようとする場面と、ラスト近く、本作のもう一人の主人公とも言うべき足立先生が、死んだ自分のお兄さんについて子どもたちに語る場面だ。

先生はおにいちゃんの命をたべとったんや。先生はおにいちゃんの命をたべて大きくなったんや。(中略)先生だけやない、いまの人はみんな人間の命を食べて生きている。

『シートン動物記』を読んで気づかされるのは、野生動物たちは必要もなく他の生き物を殺さないという事実だ。野生の本能が彼らにそう命じるのである。

言語と引き換えに本能から解き放たれた人間だけが、必要以上に他の生き物を殺す。しかも、残虐極まりない方法でだ。「殺すな」と命じる本能が人間には欠けている。

子どもたちは自分の手で昆虫や両生類、ときには小動物を殺した経験を経て、ある日、己が恐ろしい力をもった存在なのだと気づく。同時に、かれらを殺したあの瞬間、自分には殺さないこともできたのだと悟る。その事実を厳粛に受け止める。

捕らえられたネズミの王(〝狼王ロボ〟に譬《たと》えられる)と、ドロボーをして死んだ足立先生のお兄さん。

『シートン動物記』は、子どもたちの気づきの象徴として用いられている。

その裏返しとなるエピソードが、鉄三の祖父・バクじいさんが語る話だ。

バクじいさんには、若いころ、朝鮮人の親友がいた。ある日、親友が日本の警察に連行される。当時日本の植民地だった母国の歴史を勉強していたという理由でだ。彼と友達だったバクじいさんも警察で訊問を受ける。

拷問というのを知っておりますか先生、人間ちゅうもんは、どんなことでもするもんですな。悪魔になれといわれたら、はいというて悪魔にもなれるもんですな。

バクじいさん（当時は若者）は天井からつるされて竹刀で打たれた。爪の間に千枚通しを入れられ、熱湯をかけられた。

バクじいさんは勉強会のメンバーを警察に告げ、その結果、親友は殺される。失意のバクじいさんは朝鮮に渡った。

バクじいさんはそこでも地元の人たちの味方をして、今度は現地の憲兵隊にしょっぴかれる。

憲兵隊の拷問は警察のなん倍もなん倍もひどいもんですわい。（中略）わしはたった三日ともたんで、なにもかもしゃべってしもうたです。それから二日ほどして、わしゃ憲兵に自分のしゃべった結果を見せられました。さあ十二、三げんも家があったんでしょうか。後かたもなく焼きはらわれており、黒こげの死体があちこちにころがっておったです。小さな死体もありましたから、女、子どものようしゃなく、みな殺しだったんでありましょう。

話を聞く小谷先生は、こころの中で悲鳴をあげる。バクじいさんの話は、しかしそれで終わったわけではなかった。

人間ちゅうもんはじき悪魔になれると、さっきいいましたが、あれはわしにいうたことなんですわい。その死体を見て、たいへんなことをしてしもたと思うより先に、これで自分の命がたすかると、吹き出てくるよろこびに身をまかせておったんですわい。

人は何でもできる化物だ。同じ種である人間を殺そうとする瞬間でさえ、本能は人を止めてはくれない。野生動物たちとの決定的な相違点だ。だからこそ人は、

――殺すことができる力を、助けるためにも使うことができる。

そのことを、まだ大きな力を持たない子どものうちに学ばなければならない。

それが教育の本質だろう。

「効果があればやる、効果がなければやらないという考え方は合理主義といえるでしょうが、

これを人間の生き方にあてはめるのはまちがいです。この子どもたちは、ここでの毎日毎日が人生なのです。」

作中で引用される障害児の面倒を長くみてきたドイツの修道女の言葉は、経済合理性ばかりが追求される今日の日本社会を正面から撃ち抜く。国会議員が人間を「生産性」の物差しで計る意見を文章で発表し、そのことに一切責任を取らずに済まされるこの国の行き着く先は、二〇一六年に相模原で起きた障害者大量殺人をさえ肯定する社会であろう。

作品に登場する保護者の一人は、

「よわいもの、力のないものを疎外したら、疎外したものが人間としてダメになる」

と発言する。彼女(母親)はそのことを、自分の子どもから学んだという。

力の自覚をもたない者は、己の力を無制限にふるい続ける。弱い者を傷つけ、他の生き物を殺すことができる力に酔いしれる者まで出てきてしまう。バクじいさんの親友を拷問死させた日本の警察や、独立運動にかかわったとして女こどもまで容赦なく皆殺しにした日本の憲兵隊のように。

数年前、どこかの公立図書館が『はだしのゲン』の子どもへの閲覧制限を発表した。「絵が悲惨すぎて、子どもたちが心に傷を受ける」というのがその理由だ。

少し前の話になるが、文部省（当時）が丸木位里・俊夫妻の「原爆の図」を高校の現代社会の教科書から削除するよう指示した、という新聞記事を読んだ覚えがある。削除理由は、これも「悲惨すぎる」というものだった。

悲惨すぎる？

中沢啓治も丸木夫妻も、あるいは広島や長崎で原爆を経験した人たちはみな、口を揃《そろ》えてこう言っているのだ。

――自分たちが目にしたものはこんなものではなかった。

丸木俊は自ら文部省に出向いて「悲惨な戦争から悲惨なものを除けということは、悲惨ではない戦争を教えろということか」と問いただしている。

先の戦争でアメリカ軍は広島と長崎に原爆を投下し、煮えたぎる釜の中で日本人を女こどもの見境なく焼き殺した。と同時に、当時の日本の警察や憲兵隊は政府に反対する日本人を拷問し、独立運動に携わる朝鮮の人々を平気で虐殺していた。

子どもたちは、自分の親や祖父や曽祖父が何をしたのか、彼らの身に何が起きたのかを正しく知るべきだ。殺した過去、殺された過去を知ることで、自分が殺すかもしれない未来、殺されるかもしれない未来の可能性に、子どもたちは初めて気づく。己が持つ力を初めて自覚することになる。ちょうど我々が、子どものころ、虫や魚や両生類や小動物を自らの手で殺した記憶が、かれらを無意味に殺さないという選択へとつながるように。

確かにこの年齢で読み返すと『はだしのゲン』にはキツい場面がある。丸木夫妻の「原爆の図」も、実物を見ればその後しばらくは口を開くのも嫌になるほどの衝撃だ。

だが、それを言えば、子どものころ、夢中になって何度も読み返した『シートン動物記』も、いま読み返せばけっこうキツい話だ。子どものころにこんな話を何度も読んで、よくトラウマにならなかったものだと驚くくらいである。

たぶん、逆なのだ。子どもにかぎらず若い読者は、無意識のうちに生き残る者たちに自らを重ねて物語を読む。やがて大人になるにつれて、滅びゆく者に自らを重ねて物語を楽しむようになる。『平家物語』の滅びの美学は、子どもや、若い読者のものではない。

『シートン動物記』や『はだしのゲン』は子どものころに読むべき本だ。『はだしのゲン』を読んで泣き出す子どももがいる。「原爆の図」を見て吐いた子どもがいる。たとえそうだとしても、経験した者たちが口を揃えて語るとおり、戦争の現実はこんなものではない。大人がやるべきは「悲惨すぎる」戦争を閲覧制限や記載削除で隠蔽することではなく、「悲惨すぎる」戦争そのものを無くす努力をすることだろう。

泣ける小説。

という売り文句を最近書店の売り場でよく見かける。

子ども、動物、難病物といわれる作品を市場で扱うさい、たいていは版元と書店が一緒になって、帯やらポップやらを使い、「何回泣ける」「思わず泣いた」「号泣本」などと鳥肌が立つような謳《うた》い文句で読者に訴えかけている。たまたまかと思ったら、何度も繰り返し、しかも別々の本の広告で見たので、きっと販売効果が上がっているのだろう。

井上陽水の歌詞ではないが、大の大人が人前で涙を流す、泣く、のはよほどのことだという認識が、少なくとも私の世代まではあった。「思わず泣いた」「号泣した」「何回泣いた」など と、引き出しの奥深くしまった日記帳にならともかく、不特定多数の者の目にふれる媒体に書くことは、正直言って恥ずかしい行為だった。昨今はむしろ自分が泣いた事実をひけらかすのが流行らしいので、版元、書店、読者に是非これだけは。

本作には子ども、動物、難病、死者との約束といった要素が一通り揃っている。たぶん、「泣ける小説」なのだろう。だが、だとすればなおのこと、本作に「泣ける小説」という宣伝文句を使うのはやめて欲しい。「読んで泣けた」という読者感想も聞きたくない。

何だいきなり。著者でもないくせにエラそうに。余計なお世話だ、と言われれば、まったくもってその通りなので、子どものころに本作を繰り返し読み、今また五十を過ぎて読み返している一読者の戯言《たわごと》として聞いてもらいたい。

〝泣く〟という行為は人の思考を停止させる。本書を読んで、もし泣きそうになっても、歯を食いしばって、考えてほしい。「泣ける小説」だからこそ「泣かない読書」を試みてほしい。ミステリアスなタイトルも含め、考えることを多く要求する作品だと思う。

(『兎の眼』理論社/角川文庫)

追記

灰谷健次郎は出版業界では評判の良くない作家だ――と言われたのは、私が小説家となってまもなく、何かのパーティー後の編集者が集まる酒席のことだった。どんな話の流れか忘れたが、灰谷作品の話を持ち出したところ、近くにいた編集者から「あんなことをする作家はシンジラレナイ。(柳さんなら)絶対許されませんからね」と助言された――というか、まあ脅《おど》されたのだろう。前後の文脈から「あんなこと」というのは、灰谷健次郎が文庫の版権を引き上げたことだと判断できた。が、不思議だったのは、私への助言の主が「あんなこと」になった当該出版社の人間ではなく、他社の編集者だったということだ。どうやら出版業界全体として

「シンジラレナイ」ということらしい。

同業者(小説家)としては、「あんなこと」をせざるを得ない状況に灰谷健次郎を追い込んだ方がよほど「シンジラレナイ」気がするが、そこは立場の違い、見解の相違、というものなのだろう。

『キング・リア』W・シェイクスピア

さほどの舞台愛好家のつもりはないのだが、シェイクスピア劇はけっこう観ている。すぐに思いつくだけでも『十二夜』『から騒ぎ』『じゃじゃ馬ならし』『リチャード三世』『ジュリアス・シーザー』『オセロウ』『ヴェニスの商人』『ウィンザーの陽気な女房たち』『お気に召すまま』『テンペスト』。ほかにも幾つか観ているはずだ。『ロミオとジュリエット』は、舞台では観ていないがディカプリオ主演の映画を観た。『マクベス』や『ハムレット』に至っては、四回も五回もそれぞれ別の舞台で観ている。

少なくない作品数だ。これが小説ならば、好きな作家の作品を網羅的かつ何度も読むくせがあるので、別段珍しくもない普通の話だが、シェイクスピアの劇作は意図的に〝追っかけ〟をしたわけではなく、気がついたら数が増えていた。裏を返せば、シェイクスピア劇の、いかに上演回数が多いかという証拠だろう。

それにもかかわらず、『リア王』の舞台は観たことがない。

研究者によって「四大悲劇」と名づけられ、聖別された『マクベス』『ハムレット』『オセロウ』『リア王』の中で、唯一舞台未観の作品ということになる。

『紙屋町さくらホテル』の回でも触れたが、劇作の完成形は舞台上演だ。意図的ではないにせよ、結果的に多数の作品を鑑賞してきた作家の代表作の一つを観ていないのは、我ながらいささか奇妙な感じだ。つらつら思い返すに、何か理由があって観に行かなかったというよりは、機会がなかった気がする。

調べたわけではないが、他のシェイクスピア作品に比べて『リア王』の上演機会はかなり少ないのではないだろうか？

というわけで、連載最終回はこの謎(?)に挑んでみたいと思います。

今回読み返して気づいたことを、以下幾つか。

その一。長い。手元の文庫本(翻訳)では、同じ作者による喜劇作品の倍以上、『マクベス』のおよそ一・五倍のページ数だ。一般に翻訳劇は長くなりがちで、先日観に行った『マクベス』は二時間半ほどかかっていたので、そのまま換算すれば『リア王』の上演時間は四時間近く。

ワーグナー歌劇並の覚悟と腰痛対策が必要になる。だが、長いといえば『ハムレット』や『リチャード三世』も同じくらい長い。脚本は編集することができる。台詞や場面を削り、演出を工夫することで上演時間を短くする、あるいは(多少興ざめな感じはあるが)「途中休憩」を入れて上演することも可能である。『ハムレット』や『リチャード三世』はしばしば上演されているので、何か別の理由があるはずだ。

その二。魅力的なヒロインが出てこない。登場するのはリアの猛々しい三姉妹——老いた父親を裏切る長女ゴネリル、次女リーガンはともかく、フランス軍を率いて祖国に攻め入る三女コーデリアにしても、作中さまざまな美辞麗句で飾られてはいるが、正直言って魅力あるヒロインとは言い難い。ほかに台詞のある女性は出てこないので、女優なら『ハムレット』のオフエーリア、あるいは同じ悪女でもレディ・マクベスの方がよほど演じ甲斐のある役どころだ。積極的に『リア王』の舞台に立ちたいとは思わないだろう。演出家、プロデューサー、スポンサーの側でも〝お気に入りの女優〟を使いたい作品ではない(ちなみにシェイクスピアの時代に女優は存在しなかった。国法によって女性が舞台に立つことは禁じられていて、男性が女性役を演じた)。

その三。気の利いた台詞が少ない。英国にはシェイクスピア劇をはじめて観に行った人が感想を尋ねられて「気の利いた言い回しがたくさん出てくると聞いていたが、普段使っているものばかりだった」と答える定番のジョークがあって、そのくらいシェイクスピア劇の台詞はイギリス人の日常生活に浸透している。

生きるべきか、死ぬべきか。それが問題だ(『ハムレット』)
輝くものすべて金ならず(『ヴェニスの商人』)
きれいは汚い、汚いはきれい(『マクベス』)
この世は舞台、男も女も単なる役者に過ぎない(『お気に召すまま』)
おおロミオ、あなたはなぜロミオなの?(『ロミオとジュリエット』)
(嫉妬は)緑色の目をした怪物(『オセロウ』)
もう眠りはない。マクベスは眠りを殺した(『マクベス』)
悪魔も自分勝手な目的のために聖書を引用する(『ヴェニスの商人』)
ちんぷんかんぷん《イッツ・グリーク・トゥー・ミー》だ(『ジュリアス・シーザー』)
馬をくれ、馬を。代わりに国をやる!(『リチャード三世』)
ああ、哀れなヨリック!　生きていた時は愉快な奴だった(『ハムレット』)

シェイクスピアの台詞を一つも引用したことがない英国人は英国人ではない——と言われるほど、シェイクスピアといえば名台詞、名台詞といえばシェイクスピアの印象が強い。実際、倒置直喩暗喩その他、レトリックを駆使して気の利いた表現に仕立てあげるその手腕は見事としか言いようがない。

ところが『リア王』ではいわゆる名台詞、決め台詞が極端に少ない。シェイクスピアに書けなかったはずはない。『リア王』執筆年代(推定)は劇作家として油の乗り切った時期だ。本作ではあえて気の利いた比喩表現を封印して書いたとしか思えない。

決め台詞は舞台芸術を観に行く者にとっての楽しみの一つだ。日本の歌舞伎でもそうだが、有名な場面で役者と一緒に決め台詞を口ずさむのは、愛好者にしてみれば至福の瞬間だろう。音楽の演奏会やコンサートでも、自分が好きなフレーズが出てくると途端に嬉しくなる。『リア王』は、他のシェイクスピア劇に比べて決め台詞が少ないために、観客の側に〝乗っていく〟感覚が乏しい。

その四。というか、最大の問題が物語構成である。

本作の主人公リアは手のつけられない高慢なボケ老人だ。権力を手放した彼がその後娘たちに邪険にされる様子を観ても、観客としては「そりゃそうだよね」としか思わない。娘たちにほうり出されたリアは荒野をさまよい、嵐の中、憤怒のうちに(絶望のうちに、ではない。時にリア八十歳。恐るべき爺さんだ)狂気を発する。

物語後半、主要登場人物がバタバタと死んでいくのはシェイクスピア劇の十八番《おはこ》だが、それにしてもラストの台詞が、

「最も老いたる方が、最も強く苦しみに耐え抜かれた。若いわれわれは、これほどの苦しみに会いつつ、これほど永く生きることは、とてもできまい。」

葬送曲とともに一同退場。

で、幕。

昨今は知らず、初演では拍手はまばらだったのではないかと思う。

物語の帳尻が合っていない。楽しむため舞台を観に来たつもりが、いつのまにか「世界座《グローブ》」の観客席から引きずり出され、狂気の荒野に投げ出されて、幕が下りた後も元の場所に帰ってこられない。そんな感じだ。何のために高い金を払って観に来たのかわからない。観客は釈然としない思いで席を立つことになる。

ものの本によれば、シェイクスピアの死後百五十年の長きにわたって別の作者の手で改作さ

れたハッピーエンド版『リア王』(最後に〝正しい者〟たちが勝ち、秩序が回復される)が上演されていたというが、むべなるかなという気がする。

と、ここまで書いてきて、この文章を読んでいる人が「『リア王』は面白いのか?」と疑問を抱くのではないかと心配になってきた。

世界の文豪シェイクスピア、しかも彼の四大悲劇と言われる作品の一つについて、いまさら余計なお世話だ、何様のつもりだ、と罵倒されることを覚悟の上であえて言う。

大丈夫。『リア王』は面白い。

但しその面白さは、舞台で観るより脚本を読んだ方がより伝わるものかもしれない。

おそらくそれが、本作の舞台上演回数が少ない理由であり、同時にこの作品を私が繰り返し読んできた理由だと思う。

せっかくの機会なので、少し詳しく読んでいこう。

主人公リアと並んで、作中、強い印象を残すのが道化だ。彼はユーモアやウィットと呼ぶにはあまりにも凄まじい台詞の数々で周囲の人物を凍りつかせる。道化がもたらすグロテスクな笑いは、同時に目の前の権威や秩序を転倒させる。本作に不可欠な存在だ。

ところがこの道化が、物語の途中で突然、ふっつりと舞台上から姿を消す。跡形もなく、物語から出ていってしまう。何の理由も、何の説明もない。注目すべきはリアと道化の関係だろう。

リア　教えてくれ、わしは誰だ。
道化　リアの影だ。

末娘コーデリアがフランスに去った後、一幕四場の有名な台詞だ。本作における数少ない決め台詞ともいえる。

この台詞を境にリアと道化は入れ替わる。以後リアが影となり、道化がリア本体となって舞台上をさまよい歩くことになる。

そして、四幕六場、理性の象徴であるコーデリアが舞台に戻ってくる直前、物語中盤で忽然と姿を消した道化はとりどりの野の草の花冠をかぶって再び登場する。リアと同一化した姿でだ。リアと道化（本体と影）は二つで一つの存在《ドッペルゲンガー》であり、だからこそ道化は途中で観客の目の前から姿を消して当然なのだ——。

推理小説的に読めばそうなる。

舞台では、しかし、そのようには演じられない。リアはあくまでリア、道化は道化だ。演劇では、生身の役者が演じることで、普通ではありえない極端な設定も容易に受け入れられる。だが、これは逆に、観客が見えている役者の姿にとらわれることでもある。シェイクスピアは演劇メディアが持つこのリアリティを逆手にとろうと考えた。見えているために見えなくなる逆説を舞台演出に繰り入れようとした。

観客へのヒント、手がかりとして描かれるのが、リアと三人の娘たちの関係と相似形をなし、物語構成上カノンを奏でるグロスター父子の物語だ。

　リアの次女夫妻によって両目を抉《えぐ》られ、視力を失ったグロスターは荒野にさまよい出る。あたかも真実を知ったがゆえに自ら目を抉り、荒野にさまようオイディプス王のように。彼が見えない目で見る世界は、観客が見ている世界とは別物だ。グロスターは荒野で出会った佯狂《ようきょう》の物乞い(実は彼の長子エドガー)に手を引かれてドーヴァーに向かう。行き着いたのはエドガーが言葉で描き出す断崖絶壁の上だ。


　さあ、着いた。ここがその場所。あああ、恐ろしい。目がくらむ。崖の下を覗くと、崖の真中あたりを飛んでいるカラスがほんのカブトムシほどにしか見えない。途中の岩に男がしがみついている。浜芹《はまぜり》を採っているのか。命懸けの仕事だ。体全体が頭ほどの大きさにしか見えない。磯を漁師が歩いている。まるでハツカネズミだ。沖に錨を降ろした立派な船も、ほんの艀《はしけ》ほどにしか見えない。その艀もまるで浮標《ブイ》だ。渚に砕ける波の音もこう高くては耳に届かない。もう見るのはよそう。頭がくらくらする。目が回って真逆様《まっさかさま》に転がり落ちそうだ。

シェイクスピアが台詞で情景をここまで描写するのは珍しい。グロスターは崖上から身を投げ、その結果奇跡的に一命を取り留める。そして「これからはもう、どんな苦しみにも耐え抜こう。苦しみの方で力尽き、息絶えるまで」と決意する。

刹那、観客はグロスターが見えない目で見ていた世界を、あたかも自分自身の目で見た気になる。その世界こそが本物ではなかったのかと、一瞬、錯覚する。

次の瞬間、観客は不安に襲われる。

ならば、これまで舞台上で演じられてきたのはどっちなのか？　憤怒のリアが嵐の荒野をさまよう場面もまた、本当はグロスターが見ていた心象風景だったのではないか？　自分が観ていたのは、荒れ狂うリアの精神だったのではないのか？

そうではない、と断言することが観客にはもはやできなくなる。

本作が示唆するのは演劇における〝お約束〟(目に見えるもののリアリティ)を無効にしてなお成立する演劇の新たな可能性だ。同時にそれは、メディア特有の優位性をあえて手放し、頼るものが何もない無明《むみょう》空間で一からリアリティを模索する狂気の沙汰でもある。

主人公リアの狂気は、作者シェイクスピアの狂気に等しい。

本作は「成り上がり者《アップスタート・クロウ》のカラス」「ラテン語も読めない田舎者」(実際には読めた)「何にでも手を出す安手の流行作家」と蔑まれ続けたシェイクスピアが、大学出のインテリどもの鼻っ面に叩きつけた渾身の挑戦状だ。

大学出のあんたたちにこの作品が書けるか。頼るものが何もないところで一から作品を書く勇気が、あんたたちにあるのか。

シェイクスピアはそのために、本作ではあえて一般受けする得意の決め台詞の多用を避け、観客が容易に納得できるわかりやすい物語にしなかった。

当時の〝大学出のインテリども〟がシェイクスピアの意図を理解できたかどうかは極めて怪しいものだ。が、そんなことは昔も今もよくある話である。

かくて作品は書かれ、後世に残された。

作者の意図とは関係なく、作品は一人歩きをはじめる。目に見えるものばかりを描いた〝ぬるい作り物〟に食傷すると『リア王』を読み返したくなる。グロテスクな道化の台詞を口ずさみながら、嵐の向こうに目を凝らしたくなる。愚かさの先にかいま見えるのは、わけのわからぬ不気味さ、一般には狂気と呼ばれる代物だ。

これからも折に触れ、本作を繰り返し読み返すことになるのだと思う。

（『リア王』安西徹雄訳、光文社古典新訳文庫他）

『イギリス人の患者』M・オンダーチェ

この小説を通して読むのはたぶん四回目か五回目で、適当にページを開いて一部だけ読んだ回数となると、ちょっと見当がつかない。

舞台は一九四五年、第二次大戦末期のイタリア、サン・ジローラモ屋敷。かつて尼僧院だった建物はドイツ軍に占領され、連合軍が奪還した後は病院に変えられた。図書室と台所と礼拝堂と中庭。迫撃砲を撃ち込まれ、天井には穴が空いている。本棚の一部は雨にうたれ、ピアノには蓋がない。庭に幽霊が出るという噂のある古い屋敷だ。

登場人物は氏名年齢国籍不詳のイギリス人の患者（全身火傷。顔は焼けただれ、体の一部は骨化している）、彼の面倒を診るために一人残ったカナダ人の従軍看護婦ハナ（二十歳）。そこに、ハナの父の友人で子供の頃から彼女を知っているカラバッジョおじさん（職業、泥棒）と屋敷に迷い込んだ老犬、さらに不発弾処理のために屋敷を訪れたイギリス軍工兵キップ（インド人でシーク教徒。二十六歳）が加わって物語が動き始める。

登場人物は四人と一匹。舞台はイタリアの半ば廃墟となった古い屋敷の敷地内から一歩も出ない——という説明では、しかし、この物語を紹介することにはならない。

イギリス人の患者とハナ、カラバッジョは戦争のせいで少しずつ狂っている。

イギリス人の患者は「燃えながら砂漠に落ちてきた男」だ。彼は砂漠の民ベドウィンに助けられ、正体不明のまま連合軍の病院に収容された。ハナは、戦争中、無残な傷を負った若者たちが次々に運び込まれ、手の施しようもなく死んでいくのを目の当たりにしてきた。彼女にできるのは、死んだ後に目を閉じてやることだけ。カラバッジョは〝敵〟につかまり、両手の親指を切り落とされた。もう泥棒はできない。「戦争神経症」と一括《ひとくく》りに呼ばれる症状が彼らを捕らえて離さない。

皆、目の前の現実から目を逸《そ》らして生きている。だから彼らの話はすぐに脱線し、過去の迷路へとさまよいこむ。岩礁に棲む小魚のように危険な隘路《あいろ》を平然と通り抜け、いつのまにか別の物語にすり替わっている。

ベッドから一歩も動けないイギリス人の患者の頭の中には、古今東西の膨大な、そして多岐にわたる知識が整然と詰め込まれている。彼の語りは聞く者を虜《とりこ》にする。イギリス人の患者の頭の中には書物の地図がある。

作中では多くの書物が引用、言及される。キップリングの『キム』を筆頭に『モヒカン族の最後』、タキトゥスの『年代記』、『パルムの僧院』、『失楽園』、『オデュッセイア』、『旧約聖書』、『アンナ・カレーニナ』、『レベッカ』、『ロード・ジム』、『ピーター・パン』、そしてヘロドトスの『歴史』。

古代ギリシアの旅行家兼作家「歴史の父」ハリカルナッソスの人ヘロドトスは、ギリシア諸ポリスとペルシアとの戦争の顚末《てんまつ》、及び東方諸国の歴史・風土・伝説を客観的な筆で書き残した。

砂漠に墜落して燃え上がる軽飛行機の中から男が唯一持ち出したのが『歴史』(一八九〇年版)だった。その本には様々な書き込みがあり、他の本からの切り抜き、手書きの地図などが貼りつけられて分厚く膨らんでいる。正体不明の男の過去そのものだ。

作中には普段馴染みのない言葉が多く出てくる。ナツメヤシ、香油、ラクダの鳴く声、フラミンゴ、砂漠のキツネ・フェネックス、果樹園のプラム、砂嵐、キャラバン、サハラのアシ舟、「泳ぐ人」の壁画、クジャクの骨の粉末、十字軍とサラセン人、アーモンドの果肉入りのミルク、シーク教徒、ターバン、シバの女王、ザクロとオレンジ。カイロ、スーダンの北のギザ、モロッコ、チュニス、リビア砂漠、ジュゼラ、砂漠の町エル・タジといった地名は、馴染みがないぶん、出てきただけでわくわくする。

そこに、異質な言葉が交じり込む。一二ミリ口径ブレンダ機関銃。ドイツ製七・九ミリ口径MG一五空軍式。スパイ、二重スパイ、幻のスパイ。ゲシュタポ、政府諜報機関。地雷探知、TNT爆弾、ピクリン酸、引火管、コンデンサー、黒いワイヤと赤いワイヤ。液体酸素。二千ポンド爆弾は「ヘルマン」もしくは「エサウ」と呼ばれ、四千ポンド爆弾は「サタン」と呼ばれた。ホワイトノイズ。切り落とされた親指、モルヒネ中毒。かと思えば、扁桃腺とアイスクリーム、メディチ家、聖母像、フレスコ画、テニスシューズ一足とハンモック、石蹴り遊び、といった目まぐるしさだ。

自分で小説を書くようになって思い知らされたことの一つに、「一作品に使用可能な単語は驚くほど限られる」という創作のルールがある。ある小説を書こうとすると、その小説の世界観に見合った単語しか使えない。別の言葉では置き換えることが不可能な状況がしばしば発生する。例えば——他人の話で恐縮だが——昨今の若い人たちに人気の、ある種のジャンル小説の中には、人称指示代名詞のほかは似たような言葉が二百語程度、あとは「！」「？」だけで成立しているものがある。もちろん実際に数えたわけではないので単なるイメージだが、だいたいそんなものだろう。これはむろん、その作品を書いた小説家がそれ以上の単語を知らないのではなく(そうだよね?)、一つの小説で使える単語が限られるという創作のルールに則った結果だ。異質な言葉を使えば小説の世界観が崩壊する。言葉の数や種類が増えれば増えるほど、そのリスクが高くなる。

言葉だけではない。

作品内では、人で溢れる猥雑なカイロの街を舞台にした男女のエロティックな恋愛模様のすぐ後に即物的な爆弾処理の手順が記述される。砂漠の民の奇妙な、だが、彼らにとっては当然の慣習が幻想的・耽美的に描写されたかと思えば、金属と爆弾が主役となった戦場でミンチ肉のように切り刻まれて死んでいく若者たちの姿が描かれる。

いくつもの世界観を一つの作品に詰め込めば作品としての統一感が失われる。結果、多くの作家が物語を終わらせることができなくなり、或いはなんとかまとめ上げたとして、取り留めもないぼやぼやとした話になりがちだ。

だとすれば「イギリス人の患者」に於ける言葉や世界観の豊饒さはいったい何なのか? これほど多様な、かつ質感の異なる言葉や世界観をちりばめながら、作品世界を崩壊させることなく一つの小説を最後まで書き上げる。それがいかに困難であるか。おそらく実作者のみが感じる驚異であろう。

すべてはヘロドトスの文章の中に居場所を見つけ、おとなしく収まっている。

『イギリス人の患者』は、多くの実作者が未練を残しながら渋々手放さざるを得ない小説の可能性をいとも易々と体現している作品ともいえる。

イギリス人の語りは、例えば音楽や美術にも及ぶ。ヴェルディ、デューク・エリントン、ワルツにスウィング・ジャズにウェスタン。イタリア中世美術は彼の庭だ。彼はあたかも己の掌を指すように語り続ける。道端の(砲弾で中ほどの枝を吹き飛ばされ、枝にまだ破片を埋め込んでいる)イトスギを見上げて「こんな道をかつてプリニウスも歩いたにちがいない。もしかしたら、スタンダールも。『パルムの僧院』は、世界のこの辺りで起こった」。そんなふうに考える者は退屈するということがない。

イギリス人の患者に乞われて彼に本を読み聞かせ、逆に彼が語る話に耳を傾けるうちに、ハナの狂気は薄皮を剝ぐように癒されていく。彼女の回復に引きずられるように、カラバッジョもまた完全ではないにせよ、正気の世界を取り戻してゆく。

イギリス人の患者には何かがあった。学びたい、ああなりたい、あそこに隠れたい――そう思わせる何かが。

イギリス人の患者に憧れるハナは、彼を真似て本の白いページに言葉を書き込む。

言葉は記憶となり、記憶は世界となる。

イギリス人の患者は、彼らにとっては一つの救いだ。たとえ、それが甘美な罠だとしても。

昼間の明るい光に照らし出された世界は、夜になると蠟燭の光だけが頼りの暗闇に包まれる。時折稲妻が空に光る。

工兵のキップ(あだ名。本名はキルパル・シン)は、現れた最初からイギリス人の患者と仲が良い。インドで徴兵され、自ら爆弾処理班に応募した彼は、不発弾を〝地上の悪〟とみなし、文字どおり命懸けの爆弾処理任務についている。それにもかかわらず、読者の目にキップはきわめて正常に見える。作品の中でその他の登場人物(犬を除く)に比べれば、鼻歌まじりに任務に赴き、理性と想像力で不発弾に立ち向かうキップだけがまともに見える。やがて恋仲となったキップとハナに、カラバッジョは心配して言う。「いったい何人の工兵が死ねば気がすむんだ。もっと無責任になれ。……正しいやり方は、まず汽車にのってどこかへ行って、赤ん坊をつくることだ」。カラバッジョの言葉にハナは首を振る。彼にはそんなことは出来ないという。「それはキップが文明社会を信じているから。キップが文明人だからよ」という。

イタリアの古い屋敷で二十一歳の誕生日を迎えたハナの誕生日を皆で祝う幸せな席で、カラバッジョはふと昔を思い出す。十六歳の誕生日、ハナは裸足でテーブルの上に立ち『ラ・マルセイエーズ』を歌った。習いたてのフランス語で革命の大義を歌っていた。五年後の誕生日、ハナは再び裸足でテーブルの上に立って『ラ・マルセイエーズ』を歌う。が、その歌からはもはや確信が失われている。黒い疑惑が音もなく忍び寄っている。

そして、全てを変えるあのニュースが飛び込んでくる。ニュースを聞いたキップはまるで狂ったように屋敷に駆け込んでくる。銃を構え、イギリス人の患者を真っすぐに狙って言う。

――よくもぼくらを騙してくれたな。聞け、あなたたちがいったい何をしたのか。

戦争終結と同時にもたらされたのは、ヒロシマとナガサキへの原爆投下のニュースだった。一つの都市を焼き尽くす爆弾が投下された世界では、不発弾を処理する行為など無意味だ。不発弾を――地上の悪を取り除くべく命懸けの任務を果たしていたキップへの、文明が示した底無しの侮辱。カラバッジョは思う。「この若い兵隊の言うとおりだ。これが、白人の国だったら、けっしてそんな爆弾は落ちなかっただろう」

キップは銃を投げ捨てて屋敷を飛び出し、それきり戻らない――。

作品を高く評価しながらも、このラストが「わからない」「納得できない」という読者が多い。彼らはキップの行動が唐突すぎるという。先のカラバッジョの言葉にもかかわらず、むしろ「あれと私たちにいったい何の関係があるの？」というハナの呟きに共感する感想を多く目にする。

著者オンダーチェの罠だ。

そもそも妙ではないか。この作品を読んだ欧米人の感想なら百歩譲って分からなくはない。だが、ヒロシマとナガサキに原爆を投下され、同胞を地獄の炎で焼き殺された当の日本人までが、キップの行為よりハナの呟きに共感するのは、とてつもなく不自然だ。

なぜそんなことになるのか？

この小説が英語で書かれているからだ。

言語（単語及び文章構造）が世界の見方を規定する。英語の語彙を用い、英語の文章構造で書かれた小説は、必然的に英語を母国語とする者たちの世界の見方を読者に提供する。あるいは強要する。作品が美しければ美しいほど、甘美であれば甘美であるほど、読者は作品世界に搦《から》め捕られる。

読者がキップの行為よりハナの呟きに共感するのはこのためだ。繊細甘美な作品世界を通じて、英語を母国語とする者たちの世界の見方を日本の読者までが知らず知らずのうちに強要されている。

誤解しないでもらいたいのだが、著者オンダーチェはスリランカ生まれ、十一歳でイギリスに渡って教育を受け、その後カナダで創作を始めた。彼はキップの立場でこの世界を見ている。「原爆投下後の世界では詩を書くことさえ野蛮だ」と言ったイギリスの詩人とまさに同じ意味において、オンダーチェは(イギリスに代表される)文明を批判し、原爆投下の事実によって永久に失われた文明の美しい面——サフォーク卿とミス・モーデン、紅茶とミンス・パイ——を哀惜している。そのためにオンダーチェは一つずつ、気が遠くなるほどの手間ひまをかけて、精緻で甘美な作品世界を構築し、最後にそれを一気に叩き壊してみせた。

ところが、著者の意に反して、読者は自分が罠にかかったことにさえ気づかない——気づいた後も罠に落ちたことをむしろ喜ばしく思う——という倒錯した事態が生じた。著者の作り上げた罠があまりに美しく、甘美であったために生じた皮肉である。

ミステリー・ファンの中には本書タイトルに難色を示す者がいる。「アンフェア」というのがその理由だ。

だが、本書においてハナやキップが憧れる「イギリス人の患者」とは、即ち「文明そのもの」の謂《いい》であり、男の正体がたとえ何者であろうとも、第二次世界大戦末期、黒く焼け焦げ、瀕死でベッドに横たわる患者は「イギリス人」(=文明)で間違ってはいない。

さらに言えば、イギリス人の患者の語りには嘘が交じっている。彼の「過去そのもの」のヘロドトスの『歴史』にも「嘘が多いという人がある」というのと同じように。

物語の終盤、イギリス人の患者は突然三人称で語りはじめる。彼が砂漠で情熱を傾けた女が、彼女の夫と最初に出会った場面が唐突に挟み込まれる。しかしこれは、彼が本来知るはずのない事実なのだ。

イギリスに代表される文明とは、畢竟、過去から綿々と続く情報の集積の謂《いい》である。情報はコピーされる。もしかするとイギリス人の患者は、ハナの最初の直感どおり本当にイギリス人なのではないか? イギリス人の患者は言う。「嫉妬に狂った夫は妻を乗せた飛行機で、妻の愛人であった私目がけて突っ込んできた。飛行機は五十ヤード手前の砂漠に墜落し、私が駆け寄った時、夫は既に死んでいた。女は生きていた」。本当は生き残ったのはイギリス人の夫の方ではなかったのか？　妻の愛人を殺した夫は、妻の愛人が持っていたヘロドトスの『歴史』を奪い、そこに記されている彼の過去をコピーした。彼は妻の愛人に完全になりきろうとした。嫉妬と狂気ゆえにだ。だからこそ彼は肝心なときに自分の名前を口にできなかった。その一言を口にしさえすれば、砂漠の洞窟に残してきた最愛の妻のもとに帰ることができたにもかかわらず――。

語り(騙り)の裏に潜むもう一つの真実を夢想してしまうのは、ミステリー・ファンとしての悪い癖かもしれない。

日本語で紹介されたオンダーチェの作品は『ビリー・ザ・キッド全仕事』(福間健二訳、一九九四年)が最初で、一般の市場では知らないが、当時私の周囲の「読書好き」を自認する者たちのあいだでは熱烈なファンが少なからず存在した。「これこそ新しいブンガクだ」とさかんに息巻いていて、私も勧められて読んだ。その時は彼らのあまりの熱狂ぶりに腰が引け、「へえ」と冷めた感想しか持たなかったが、『ビリー・ザ・キッド全仕事』のような小説を書こうとして失敗した小説家志望の連中を個人的に何人も知っている。かく言う私も、小説家としてデビューした後だが、砂漠を舞台にしたスパイ小説を書こうとして、気がつくとどうやっても『イギリス人の患者』の下手な模写になりそうな感じがして断念した経緯がある。「こんな風に書きたい」のではなく、「この小説を(自分で)書きたかった」と思わせる作品はかなり珍しい。

多くの亜流、模作者、エピゴーネンを生み出すことからもわかるとおり、オンダーチェには小説家志望者を惹きつけるある種の素人臭さがある。

一九六七年(半世紀以上前)から作品を発表し続け、既に世界的な名声を確立、二〇一八年にも新作小説を発表(日本語翻訳が待ち遠しい)、さらに二〇二〇年まで刊行予定が組まれている作家をつかまえて「素人臭い」というのも変な話だが、例えば『イギリス人の患者』では最後の二パラグラフ、単行本で言えば二八八ページ二行目以下、二九〇ページまでの三ページは、職業作家的な視点に立てば、明らかに蛇足だ。素人臭い、とも言える。これは他の作品(『ディビザデロ通り』等)でもそうで、オンダーチェには独特の筆の抜き方、物語の終わらせ方の癖があって、これを嫌う読者も少なくない。

だが、繰り返し読まれる小説の条件とは、作品内部にある種の素人臭さを抱えていることではないだろうか。小説メディアに限らない。たとえば短歌。以前、歌人の誰か(土屋文明だったか?)が、「子規以降、短歌は素人歌人のものとなった。短歌をやればやるほど下手になる。歌人から素人性が失われていくからだ」というようなことを書いていた覚えがある。

「素人性」の反対語は「職業的」だ。短歌を、小説を、職業的に書こうとする際、求められるのは効率性である。きれいに書く。まとめる。誤解される可能性を極力取り除き、不要な要素を排除する。職業的に書くとはそういうことだ。

商品としてはそれで合っている。多くの読者に受け入れられ、書評家が安心して批評できる作品を書き続けることが職業的な書き方だとも言える。一方で、それは繰り返し読まれる作品の条件ではない。その書き方では「通しで四回も五回も読み、一部読んだ回数となると、ちょっと見当がつかない」という作品には、どうしてもならない。

わけのわからないもの。はみ出すもの。過剰さ。熱。非効率性。ある種の素人臭さ。

この作品を繰り返し読むのは、たぶん、そうしたものを求めてだ。

繰り返し読むたびに、職業作家として、この作品の手触りを忘れてはならないと思う。

（『イギリス人の患者』土屋政雄訳、新潮社）

あとがき

二度読んだ本は少ないが、三度読んだ本は意外に多い。

奇《き》を衒《てら》っているわけではない。

本を二度読むのは、それが自分にとって二度読むに値する本だと思ったからだ。世の中にはたくさんの本が溢れていて、たいていの本は一度読んで「ああ、面白かった」と言ってそれきりになる。もしくは「つまらない」と言って途中で読むのを止めてしまう。二度読むに値する本に出会う確率は極めて低い。だから、二度読んだ本は必ず三度読む。

理屈としては、合っているはずだ。

本書のタイトルは『二度読んだ本を三度読む』だが、取りあげたなかには過去に三度、四度、五度読んだ本もあって、正確には「何度か読んだ本を、プラス一回読む」ということになる。

岩波書店発行の月刊誌『図書』(二〇一七年十月号から二〇一九年二月号)で毎月一作品ずつ、小説もしくは戯曲を取りあげ、一冊にまとめるにあたって「書き下ろし」を加えた全十八作品。書き終えた後で振り返ると、すべて私が三十歳までに読んだ(初読)ものばかりとなった。意図したわけではないが、初回の『月と六ペンス』を取り上げた中で、

インテリは三十を越すと一切読書をしない。彼らは年をとるにつれ(己の不勉強を隠すために)、若い頃に自分が読んだ本を誉めそやすようになるのだ。

という引用があり、その通りになって、我ながら笑ってしまった。言い訳するようで自分でもさらにおかしいのだが、これにはちょっとした裏がある。連載開始にあたって、どんな作品を取り上げるか、自分なりに一つの基準を定めた。

「何故本ばかり読む?」
「フローベルがもう死んじまった人間だからさ。」
(村上春樹『風の歌を聴け』より)

要するに、物故者作品に限定しようと思ったわけだ。

理由は三つ。

一つは、もちろん保身のため。本書をお読みになった方はすでにおわかりと思うが、取りあげた作品の著者当人には、正直、あまり読まれたくない回もある。相手が死んだ人間なら何を書いても文句を言われることはない。もしかすると、この後私が業界で干されることになるかもしれないが、書いた以上、そのくらいは我慢する。

二つ目は嫉妬だ。何度も読まれる作品を書いた小説家に対して読者として憧れる一方、同業者としては嫉妬がある。「もう充分読まれているのだから、わざわざ取りあげるまでもあるまい」、そう思う。傍《はた》から見れば馬鹿げた態度だろうが、こればかりは感情の問題なので仕方がない。ちなみに「死んだ人間に対しては大抵のことが許せそうな気がするんだな。」というのが先の引用の続きである。

三つ目の理由は、著者が生きている限り作品が変わる可能性があるからだ。「著者は作品の代理人に過ぎない」「作品の方が著者より上」。私自身そう考える者の一人だが、それにもかかわらず、生きている間、著者には自作を書き換える権利がある。また、作品自体を書き換えなくとも、著者の発言や行動で作品の意味が変わることもある。たとえば三島由紀夫の晩年の行動が、彼のせっかくの作品群に微妙な影を落としているように。

「物故者限定」で連載をはじめて約一年半、第十六回分まで書き進んだところで、一度はたと我に返った。自分で作った規則だ。世の中ではちょうど「掟《おきて》は破るためにある」という言葉が流行していた。辞書を引くとなぜか「自縄自縛」という言葉が目に飛び込んでくる――。

残り二作は(自分で作った)掟を破って書こう。

まずは連載最終回『キング・リア』。著者(シェイクスピア)はもちろんとっくに死んでいるが、連載文章中でも触れたとおり、舞台での上演を最終形態とする戯曲は著者が死んだ後も〝書き換え〟られる。ことに翻訳物では「長すぎる」「役者の数が足りないので台詞を削る」、さらには「日本を舞台にした翻案にする」等々、さまざまな理由で著者以外の者たちが手を入れたバリエーションが存在するということだ。これで一つ。

「書き下ろし」で追加した『イギリス人の患者』は、著者がまだ生きている。二〇二〇年の新刊予定リストにも名前が出ているくらいだ。尤も、日本語訳はすでに絶版になっているようなので、文章中でやや詳しく内容を紹介しました。

……といったあたりが、本書執筆の経緯と裏話です。

実はもう一つ。書き終えた後に、女性作家の作品が入っていないことに気づいて自分でも驚き、慌てるという顚末がありましたが、これは「物故者しばり」をはずして「繰り返し読んだ本」を十作挙げたところ、まるで仕組んだかのように男女の作家五作ずつになったので、本書の並びはたまたまです。

集中、意図して採らなかったものとしてはむしろ、中原中也や宮沢賢治の詩歌、李白王維白楽天らの唐詩、俳句和歌といったもので、詩歌韻文は読んで内容を理解しただけでは面白くも何ともない。何度も繰り返し読んで、暗誦してはじめて楽しくなる。その意味では何度も繰り返し読んだ作品と言えますが、本書ではあえて取り上げませんでした。

本連載中に私は四十九歳から五十歳になり、さらに五十一歳になりました。物心ついたときから毎年、百冊から二百冊、多い年は五百冊近く、四十年以上本を読んできた計算です。

ところが読書は、経験を積めば積むほど読書にすれてくる。世間ずれという言葉があるように、あまり良い意味ではありません。最近は手に取った本の最初の三十ページを読んで何となくわかった気になり、そこでやめてしまうことも多くなりました。人生の残り時間が少なくなる中、つまらない本を読んでいる暇はない――そんなふうについ思ってしまうようです。

十代、二十代の頃は、一度読み始めた本はどんな本でも一応最後まで読み切っていたものです。D・H・ロレンスの『息子と恋人』やJ・アーヴィングの『熊を放つ』等、冒頭三十ページどころか残り三十ページ近くまで（何百ページも！）うんざりしながら読み進め、最後の三十ページで初めて「読んで良かった」と心底思う作品に出会った経験もごく稀にあって、いまとなってはあの頃読んでおいて良かったとつくづく思います。

で、結局、冒頭のモームの言葉に戻ってきます。

「三十歳までに読んだ本」は、やはり特別なのだと思います。

音楽でも同じことが言えますが、年を取ると十代、二十代の頃のように「世界が一変するような」感動を味わうことはほとんどなくなります。新しい小説や戯曲を読んでも、「面白い」「新味がある」「巧みだ」とは思っても、「貪るように何度も読み返す」ということは少なくなる。理解力や解析能力は訓練次第で高められるはずなので、つまりは感受性の問題ということになるのでしょう。

しかし、落胆することはありません。

逆に、年を取っていつまでも目の前の世界が一変し続けては困る、とも言えます。

年齢を重ねた者には、年齢を重ねた者なりの読書の仕方がある。

かつて「貪るように読んだ本」を、もう一度、読んでみてはどうでしょうか？

そこに「以前と同じ感動」を読み取るもよし、年齢を重ねたことで以前読んだ時とは異なる、新しい世界が広がっているかもしれません。

実を言えば、本連載の開始直前、私自身いささか戸惑っているところがありました。職業作家として文芸業界に身を置きながら、小説や戯曲が以前ほど面白く読めなくなっている。そのことに失望し、呆然としていたのです。

本書の企画で、私は自分がかつて夢中になって読んだ作品をもう一度読み、その間、自分でも驚いたほど読書が楽しくて仕方がなかった。「そうそう。自分はこんな本を読んできた。だから文芸を一生の仕事にしようと思ったのだ」と改めて確認することになった気がします。

本(小説、戯曲、物語、言葉)は、あたかも鏡のように自分自身の姿を写し出し、遥か遠くの世界をかいま見せてくれる。自分と、遠くの世界を繋いでくれる。

つくづく面白いものだと思います。

本書が若い人たちにとっては「初読み本」のガイドとなり、同時に年齢を重ねた人たちにとっての再読の機会となれば、著者としてこれに過ぎる喜びはありません。

柳 広司

＊余談ながら。
『図書』連載中、本書収録の文章にはそれぞれ別の見出しがついていました。

「毎回『図書』の目次に『月と六ペンス』柳広司、『それから』柳広司、『細雪』柳広司では、おかしいでしょう」

という担当編集者の助言によるもので、たしかにおかしい。笑えて良いではないか、という見方もあるはずですが、担当編集者はその考えには与《くみ》せず、連載時は毎回オリジナルの見出しをつけることになりました。

書籍化にあたっては、やはり取りあげた作品に敬意を表すべきだと考え直し、各話タイトルを元に戻しました。連載時の見出しを以下参考まで。

「皮肉とユーモア」「らしからぬ不穏」「KWAIDAN」「ヒーローの研究」「大人の流儀」「読書様々」「未完のカーニバル」「マキオカ・シスターズ」「象は忘れない」「冒険者たち」「デストピア小説の普遍性」「ニセモノの輝き」「青春と読書」「スポーツについて語るということ」「小説の起源」「泣かない読書」「嵐」（＊『イギリス人の患者』は書き下ろしなので連載用の見出しはありません）

尚、本文中の時制は連載時のままとし、必要と思われる箇所に「追記」を付しました。

また、日本語以外で書かれた作品は既刊の日本語翻訳を参考にさせて頂きつつ、極力原典にあたるべく努めました。作品引用に間違いなどありましたら、ひとえに私の語学力不足のせいです。御指摘、お待ちしております。

主な参考引用言及文献

W. S. Maugham『The Moon and Sixpence』(Penguin Classics)／サマセット・モーム『人間の絆』(行方昭夫訳、岩波文庫他)『お菓子と麦酒』(厨川圭子訳、角川文庫)『モーム短篇選』(行方昭夫編訳、岩波文庫他)『コスモポリタンズ』(龍口直太郎訳、ちくま文庫)／トーマス・マン『ファウスト博士』(関泰祐・関楠生訳、岩波文庫)／ポール・ゴーガン『ノア・ノア　タヒチ紀行』(前川堅市訳、岩波文庫)／ミラン・クンデラ『不滅』(菅野昭正訳、集英社)／夏目漱石『漱石全集』(岩波書店)／森田草平『煤煙』(岩波文庫)／柳広司『贋作「坊っちゃん」殺人事件』『漱石先生の事件簿　猫の巻』(角川文庫)／Lafcadio Hearn『KWAIDAN』(Tuttle Publishing)／ラフカディオ・ヘルン『骨董』(平井呈一訳、岩波文庫他)／小泉八雲『日本の心』『明治日本の面影』(平川祐弘編、講談社学術文庫)／田部隆次『小泉八雲　ラフカディオ・ヘルン』(北星堂書店)／ポール・マレイ『ファンタスティック・ジャーニー』(村井文夫訳、恒文社)／丸山学『小泉八雲新考』(木下順二監修、講談社学術文庫)／上田秋成『雨月物語』(岩波文庫／ちくま学芸文庫他)／柳広司『怪談』(光文社／講談社文庫)／A. C. Doyle『Sherlock Holmes The Complete Novels and Stories Vol.1 & 2』(Bantam Classics)／アーサー・コナン・ドイル『シャーロック・ホームズの回想』『シャーロック・ホームズの帰還』『シャーロック・ホームズ最後の挨拶』『シャーロック・ホームズの事件簿』『緋色の研究』『四つの署名』『バスカヴィル家の犬』『恐怖の谷』（延原謙訳、新潮文庫／深町眞理子訳、創元推理文庫他）／夏目漱石『吾輩は猫である』（岩波文庫他）／ウンベルト・エーコ『薔薇の名前』（河島英昭訳、東京創元社）／いしいひさいち『コミカル・ミステリー・ツアー』（創元推理文庫）／柳広司『吾輩はシャーロック・ホームズである』（角川文庫）／『シャーロック・ホームズの冒険』（ジェレミー・ブレット主演、グラナダ・テレビジョン）／『シャーロック』（ベネディクト・カンバーバッチ主演、ＢＢＣ）／ガイ・リッチー監督『シャーロック・ホームズ』（ロバート・ダウニーJr.主演、ワーナー・ブラザース）／Ｗ・Ｓ・ベアリング＝グールド『シャーロック・ホームズ　ガス燈に浮かぶその生涯』（小林司・東山あかね訳、河出文庫）／エドガー・Ｗ・スミス編『シャーロック・ホウムズ読本　ガス灯に浮かぶ横顔』（鈴木幸夫訳、研究社）／ジャック・トレイシー『シャーロック・ホームズ事典』（各務三郎監訳、すずさわ書店）／Ｈ・Ｒ・Ｆ・キーティング『シャーロック・ホームズ　世紀末とその生涯』（小林司他監訳、東京図書）／Ｊ・Ｋ・ローリング『ハリー・ポッターと賢者の石』（松岡佑子訳、静山社）／ポール・デュカス『魔法使いの弟子』（『ファンタジア』Ｗ・ディズニー）／J. Swift『Gulliver's Travels』（Penguin Classics）／スウィフト『奴婢訓』（深町弘三訳、岩波文庫）／夏目漱石『文学評論』（岩波文庫）／中野好夫『人間の死にかた』（新潮選書）『スウィフト考』（岩波新書）／宮崎駿監督『天空の城ラピュタ』（スタジオジブリ、徳間書店）／ミュンヒハウゼン著・ビュルガー編『ほらふき男爵の冒険』（新井皓士訳、岩波文庫）／ジュール・ヴェルヌ『月世界旅行』（高山宏訳、ちくま文庫他）『海底二万哩《マイル》』（清水正和訳、福音館書店他）『二年間の休暇（十五少年漂流記）』（朝倉剛訳、福音館書店他）／ダニエル・デフォー『ロビンソン・クルーソー』（平井正穂訳、岩波文庫他）／『教育勅語』（『詳説日本史研究』山川出版社）／臼井儀人『クレヨンしんちゃん』（双葉社／TVアニメ／アニメ映画）／『コロンブス航海誌』（林屋永吉訳、岩波文庫）／太宰治『晩年』（角川文庫／新潮文庫他）／フョードル・ドストエフスキー『賭博者』（原卓也訳、新潮文庫）『罪と罰』（米川正夫訳、新潮文庫）『悪霊』（江川卓訳、新潮文庫）／レフ・トルストイ『戦争と平和』『アンナ・カレーニナ』『復活』（新潮文庫）／江川卓『謎とき「罪と罰」』『謎とき「カラマーゾフの兄弟」』（新潮選書）／芥川龍之介『蜘蛛の糸』（岩波文庫／角川文庫／新潮文庫他）／エーリヒ・ケストナー『飛ぶ教室』『エーミールと探偵たち』（池田香代子訳、岩波少年文庫）／ミハエル・バフチン『ドストエフスキーの詩学』（望月哲男・鈴木淳一訳、ちくま学芸文庫）／柳広司『黄金の灰』（原書房、創元推理文庫）／ラブレー『ガルガンチュワ物語』『パンタグリュエル物語』（渡辺一夫訳、岩波文庫）／J・アーヴィング『ガープの世界』（筒井正明訳、新潮文庫）『ホテル・ニューハンプシャー』（中野圭二訳、新潮文庫）／C・ディケンズ『デイヴィッド・コパフィールド』（石塚裕子訳、岩波文庫他）『二都物語』（中野好夫訳、新潮文庫他）『大いなる遺産』（山西英一訳、新潮文庫）／青柳正規責任編集『NHK大英博物館　ギリシャ・パルテノンの栄光』（日本放送出版協会）／澤柳大五郎『ギリシアの美術』（岩波新書）／谷崎潤一郎『谷崎潤一郎全集』（中央公論社）／J. Tanizaki『The Makioka Sisters』（Vintage Classics 他）／ウラジーミル・ナボコフ『ロリータ』（若島正訳、新潮文庫）／E・

M・フォースター『ハワーズ・エンド』(吉田健一訳、集英社)／村上春樹『風の歌を聴け』(講談社文庫)／カート・ヴォネガット・ジュニア『スローターハウス5』(伊藤典夫訳、ハヤカワ文庫)『タイタンの妖女』(浅倉久志訳、ハヤカワ文庫)／山崎豊子『ぼんち』『花のれん』(新潮文庫)／オスカー・ワイルド『サロメ』(福田恆存訳、岩波文庫他)／芥川龍之介『侏儒の言葉』(岩波文庫／新潮文庫他)／井上ひさし『手鎖心中』(文春文庫)『吉里吉里人』(新潮文庫)『ひょっこりひょうたん島』(TVドラマ)『父と暮せば』(新潮文庫)『夢の裂け目』(小学館)『夢の痂』『ムサシ』(集英社)『少年口伝隊一九四五』(講談社)『この人から受け継ぐもの』(岩波現代文庫)『井上ひさしの言葉を継ぐために』(岩波ブックレット)／『無法松の一生』(三船敏郎主演、東宝)／中野好夫『シェイクスピアの面白さ』(講談社文芸文庫)／峠三吉『原爆詩集』(岩波文庫)／丸木俊・位里『原爆の図』(小峰書店)／丸木俊『ひろしまのピカ』(小峰書店)／中沢啓治『はだしのゲン』(汐文社)／井伏鱒二『黒い雨』(新潮文庫)／原民喜『夏の花』(岩波文庫)／リチャード・ローズ『原子爆弾の誕生』(神沼二真・渋谷泰一訳、紀伊國屋書店)／柳広司『新世界』(角川文庫)『象は忘れない』(文藝春秋)／Antoine de Saint-Exupéry『Vol de nuit』(French & European Pubns)／サン＝テグジュペリ『星の王子さま』(内藤濯訳、岩波書店他)『人間の土地』(渋谷豊訳、光文社古典新訳文庫／堀口大學訳、新潮文庫)『南方郵便機』(山崎庸一郎訳、みすず書房)／ホメロス『イリアス』(松平千秋訳、岩波文庫)／『Mr.ビーン』(ローワン・アトキンソン主演、ITV)／A・ランボー『ランボー詩集』(堀口大學訳、新潮文庫／中原中也訳、岩波文庫他)／A・ジイド『背徳者』(川口篤訳、岩波文庫)『法王庁の抜け穴』(石川淳訳、岩波文庫)／コクトー『恐るべき子供たち』(鈴木力衛訳、岩波文庫）／ラディゲ『ドルジェル伯の舞踏会』（鈴木力衛訳、岩波文庫）／コレット『シェリ』（工藤庸子訳、岩波文庫）／モーリヤック『テレーズ・デスケイルゥ』（杉捷夫訳、新潮文庫）／堀口大學『月下の一群』（講談社文芸文庫他）／モーリス・ルブラン『八点鐘』『バーネット探偵社』『８１３』（堀口大學訳、新潮文庫）／松下竜一『豆腐屋の四季』『ルイズ　父にもらいし名は』（講談社文芸文庫）『狼煙を見よ』『久さん伝』（河出書房新社）／宮沢賢治『宮沢賢治全集』（ちくま文庫）／George Orwell『Animal Farm』（Penguin Classics）／ジョージ・オーウェル『一九八四年』（高橋和久訳、ハヤカワ文庫）『象を撃つ』（川端康雄他訳、平凡社）／『イソップ寓話集』（中務哲郎訳、岩波文庫）／Ｔ・Ｓ・エリオット『荒地』（岩崎宗治訳、岩波文庫）／ティル・バスティアン『アウシュヴィッツと「アウシュヴィッツの嘘」』（石田勇治他訳、白水ｕブックス）／太宰治『太宰治全集』（ちくま文庫）／グリム兄弟『グリム童話集』（佐々木田鶴子訳、岩波少年文庫他）／司馬遼太郎『司馬遼太郎全集』（文藝春秋）／中村政則『『坂の上の雲』と司馬史観』（岩波書店）／広瀬正『マイナス・ゼロ』『ツィス』（集英社文庫）／宮崎駿監督『ルパン三世　カリオストロの城』（東宝）『風の谷のナウシカ』（徳間書店・東映）／山田風太郎『甲賀忍法帖』（角川文庫他）／白土三平『カムイ伝』（小学館コミックス）／横山光輝『伊賀の影丸』（秋田書店コミックス）／ちばてつや『あしたのジョー』（講談社コミックス）／田中英光『オリンポスの果実』（角川文庫他）／小笠原博毅・山本敦久編著『反東京オリンピック宣言』（航思社）／ジュールズ・ボイコフ『オリンピック秘史』（中島由華訳、早川書房）／小川勝『東京オリンピック「問題」の核心は何か』『オリンピックと商業主義』（集英社新書）／プラトン『饗宴』（久保勉訳、岩波文庫他）